金陵全書

丁編·文獻類

芳洲集　（宋）黎廷瑞　著

天籟詞　（元）白樸　著

唐明皇秋夜梧桐雨　（元）白樸　撰

裴少俊墻頭馬上　（元）白樸　撰

董秀英花月東墻記　（元）白樸　撰

檜亭稾　（元）丁復　撰

南京出版傳媒集團
南京出版社

圖書在版編目（CIP）數據

芳洲集 /（宋）黎廷瑞著. 天籟詞 /（元）白樸著.
唐明皇秋夜梧桐雨 /（元）白樸撰. -- 南京：南京出版
社, 2023.6

（金陵全書）

本書與“裴少俊墻頭馬上 · 董秀英花月東墻記 · 檜亭
稾”合訂

ISBN 978-7-5533-4165-1

Ⅰ. ①芳… ②天… ③唐… Ⅱ. ①黎… ②白… Ⅲ.
①古典詩歌 - 詩集 - 中國 - 宋元時期②雜劇 - 作品集 - 中
國 - 元代 Ⅳ. ①I214.72

中國國家版本館CIP數據核字（2023）第059837號

書　　名　【金陵全書】（丁編 · 文獻類）
　　　　　芳洲集 · 天籟詞 · 唐明皇秋夜梧桐雨 · 裴少俊墻頭馬上 ·
　　　　　董秀英花月東墻記 · 檜亭稾
作　　者　（宋）黎廷瑞　（元）白樸　（元）丁復
出版發行　南京出版傳媒集團
　　　　　南 京 出 版 社
　　　　　社址：南京市太平門街53號　　郵編：210016
　　　　　網址：http://www.njcbs.cn　　電子信箱：njcbs1988@163.com
　　　　　聯系電話：025-83283893、83283864（營銷）　025-83112257（編務）

出 版 人　項曉寧
出 品 人　盧海鳴
責任編輯　程　瑶
裝幀設計　楊曉崗
責任印製　楊福彬

製　　版　南京新華豐製版有限公司
印　　刷　南京凱德印刷有限公司
開　　本　889毫米 × 1194毫米　1/16
印　　張　40.25
版　　次　2023年6月第1版
印　　次　2023年6月第1次印刷
書　　號　ISBN　978-7-5533-4165-1
定　　價　800.00元

用微信或京東
APP掃碼購書

用淘寶APP
掃碼購書

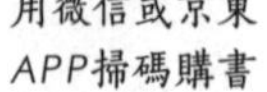

總序

南京，古稱金陵，中國著名的四大古都之一，是國務院首批公佈的國家歷史文化名城。

南京有着六十萬年的人類活動史，近二千五百年的建城史，約四百五十年的建都史，享有『六朝古都』『十朝都會』的美譽。南京歷史的興衰起伏在某種程度上可以説是中國歷史的一個縮影。在中華民族光輝燦爛的歷史長河中，古聖先賢在南京創造了舉世矚目、富有特色的六朝文化、南唐文化、明文化和民國文化，爲中華民族文化的傳承和發展做出了不朽貢獻。然而，由於時代的遞遷、戰争的破壞以及自然的損毁等原因，歷史上南京的輝煌成就以物質文化形態留存下來的相對較少，見諸文獻典籍的則相對較多。南京文獻内涵廣博，卷帙浩繁，版本複雜。截至一九四九年中華人民共和國成立，南京文獻留存下來的有近萬種，在全國歷史文化名城中名列前茅。以六朝《世説新語》《文心雕龍》《昭明文選》，唐朝《建康實録》，宋朝《景定建康志》《六朝事迹編類》，元朝《至正金陵新志》，明朝《洪武京城圖志》《金陵古今圖考》《客座贅語》，清朝《康熙江寧府志》《白下瑣言》，民國《首都計劃》《首都志》《金陵古蹟圖考》等爲代表的南京地方文獻，不僅是南京文化的集中體現，也是中華民族優秀傳統文化的重要組成部分。這些南京文獻，積澱貯存了歷代南京人民的經驗和智慧，翔實地反映了南京地區的社會變遷，是研究南京乃至全國政治、經濟、軍事、文化、外交和民風民俗的重要資料。

歷史上的南京文化輝煌燦爛，各類圖書典籍琳琅滿目。迄今爲止，南京文獻曾經有過三次不同程度的整理。

第一次是距今六百多年前的明朝永樂年間，明朝中央政府在南京組織整理出版了《永樂大典》。《永樂大典》正文二萬二千八百七十七卷，凡例和目録六十卷，分裝成一萬一千零九十五册，總字數約三億七千萬字。書中保存了中國上自先秦、下迄明初的各種典籍資料達七八千種，是中國古代最大的類書。

第二次是民國年間，南京通志館編印了一套《南京文獻》。《南京文獻》每月一期，從一九四七年元月至一九四九年二月共刊行了二十六期，收入南京地方文獻六十七種，包括元明清到民國各個時期的著作，其中收録的部分民國文獻今天已經成爲絶版。

第三次是二〇〇六年以來，南京出版社選取部分南京珍貴文獻，整理出版了一套《南京稀見文獻叢刊》點校本，到二〇二〇年，已經出版了六十九册一百零五種，時代上起六朝，下迄民國，在學術普及方面做出了一定的貢獻。

中華人民共和國成立以來，尤其是改革開放以來，南京的政治、經濟、文化建設飛速發展，但南京文獻的全面系統整理出版工作一直没有得到應有的重視，這與南京這座國家歷史文化名城的地位頗不相稱。據調查，目前有關南京的各類文獻主要保存在南京圖書館、南京市檔案館，以及全國各地的高等院校、科研院所、圖書館、檔案館、博物館，少數流散於民間和國外。一方面，廣大讀者要查閲這些收藏在全國各地的南京文獻殊爲不便；另一方面，許多珍貴的南京文獻隨着歲月的流逝而瀕臨損毁和失傳。南京文獻的存史、資治、教化、育人功能没有得到應有的發揮。

盛世修史（志）。在中華民族和平崛起和大力弘揚民族傳統文化、全力發展民族文化事業的大背景下，在建設『文化南京』的發展思路下，中共南京市委、南京市人民政府於二〇〇九年十二月做出決定，將南京有史以來的地方文獻進行全面系統的匯集、整理和影印出版，輯爲《金陵全書》（以下簡稱《全書》），以更好地搶救和保護鄉邦文獻，傳承民族文化，推動學術研究，促進南京文化建設；同時，也更爲有効地增加南京文獻存世途徑，提昇南京文獻地位，凸顯南京文獻價值。

爲編纂出能够代表當代最高學術水平和科技成就，又經得起時間檢驗的《全書》，我們將編纂工作分成三個階段進行。第一個階段爲調研階段，主要對南京現存文獻的種類、數量、保存現狀以及收藏地點等進行深入細緻的調研，召集專家學者多次進行學術論證和可操作性論證，撰寫出可行性調查報告，爲科學決策提供依據，此項工作主要由中共南京市委宣傳部和南京出版社組織完成。第二個階段爲啓動階段，以二〇〇九年十二月二十四日召開的『《金陵全書》編纂啓動工作會』爲標志，市委主要領導親自到會動員講話，市委宣傳部對《全書》的編纂出版工作作了明確部署。在廣泛徵求專家學者意見的基礎上，確定了《全書》的總體框架設計，確定了將《全書》列爲市委宣傳部每年要實施的重大文化工程，確定了主要參編責任單位和責任人，並分解了任務。第三個階段爲編纂出版階段，主要在全國範圍内進行資料的徵集、遴選和圖書的版式設計、複製、排版及印製工作。

爲了確保《全書》編纂出版工作的順利進行，中共南京市委、南京市人民政府成立了專門的編纂出版組織機構。其中編輯工作領導小組，由中共南京市委、市政府領導以及相關成員單位主要負責人組成；《全書》的編纂出版工作由市委宣傳部總牽頭；學術指導委員會，由蔣贊初、茅家琦、梁白泉等一批全國著名的專家學者組成，負責《全書》的學術審核和把關。

《全書》分爲方志、史料、檔案和文獻四大類。自二〇一〇年起，計劃每年出版四十册左右。鑒於《全書》的整理出版工作難度較大，周期較長，在具體操作中，我們採取了分工協作的方式。市委宣傳部和南京出版社負責《全書》的總體策劃，其中方志部分，主要由南京市地方志編纂委員會辦公室和南京出版傳媒集團·南京出版社共同承擔；史料和文獻部分，主要由南京圖書館承擔；檔案部分，主要由南京市檔案局（館）承擔。《全書》的編輯出版，得到了江蘇省文化廳、江蘇省新聞出版局、江蘇省檔案局（館）、南京大學、南京圖書館、南京市文廣新局、南京市社科聯（社科院）、南京市文聯、金陵圖書館以及各區委宣傳部和地方志辦公室等單位及社會各界的熱情鼓勵和大力支持，尤其是得到了中國國家圖書館和全國各地（包括港臺地區）高等院校、科研院所、圖書館、檔案館、博物館等藏書單位的鼎力相助，在此表示深深的謝意！

我們相信，在中共南京市委、南京市人民政府的長期不懈支持下，在各部門、各單位的積極配合和衆多專家學者的共同努力下，這項功在當代、利在千秋的傳世工程一定能够圓滿完成。

《金陵全書》編輯出版委員會

凡例

一、《金陵全書》（以下簡稱《全書》）收録的南京文獻，分爲方志、史料、檔案和文獻四大類。

二、《全書》按上述四大類分爲甲、乙、丙、丁四編，以不同的封面顔色加以區分；每編酌分細類，原則上以成書時代爲序分爲若幹册，依次編列序號。

三、《全書》收録南京文獻的地域範圍，包括了清代江寧府所轄上元、江寧、句容、溧水、高淳、江浦、六合。

四、《全書》收録的南京文獻，其成書年代的下限爲一九四九年。

五、《全書》收録方志、史料和文獻，盡量選用善本爲底本。《全書》收録的檔案以學術價值和實用價值較高爲原則，一般選用延續時間較長、相對比較完整的檔案全宗。

六、《全書》收録的南京文獻底本如有殘缺、漫漶不清等情況，必要時予以配補、抽換或修描，以保證全書完整清晰；稿本、鈔本、批校本的修改、批注文字等均保留原貌。

七、《全書》收録的南京文獻，每種均撰寫提要，置於該文獻前，以便讀者了解其作者生平、主要内容、學術文化價值、編纂過程、版本源流、底本採用等情況。

八、《全書》所收文獻篇幅較大時，分爲序號相連的若幹册；篇幅較小的文獻，則將數種合編爲一册。

九、《全書》統一版式設計，大部分文獻原大影印；對於少數原版面過大或過小的文獻，適當進行縮小或放大處理，並加以説明。

十、《全書》各册除保留文獻原有頁碼外，均新編頁碼，每册頁碼自爲起訖。

總目録

金陵全書

丁編·文獻類

芳洲集

（宋）黎廷瑞 著

南京出版傳媒集團
南京出版社

提要

《芳洲集》三卷，宋黎廷瑞著。

黎廷瑞（一二五〇—一三〇八），字祥仲，號芳洲，晚號俟庵，江西鄱阳人。自幼聰穎好學，日誦數千言，即瞭大義。師從吳中行、吳中守。宋度宗咸淳七年（一二七一）進士，時年二十二歲。授迪功郎肇慶府司法參軍。爲文老紮，刑部侍郎方逢辰、殿中侍御史曾淵子見其文章，貫穿出入，沈鬱典據，以爲必是老於場屋者，後知其年方二十餘齡，歎息久之。宋亡，幽居山林十載，以文墨自娛，交友爲樂，種梅藝菊，雅意丘壑。有友人慕名來訪，則以歌詩樂府相唱答。元至元二十三年（一二八六），適逢本郡博士久病，縣諸生乃請按察副使王懋徵招廷瑞攝教事，始出任學官。任職期間，工作勤懇，改創采芹宫、愛蓮亭，葺尊經閣等。歷經五載，因奉養老母親再次辭官，歸隱田園，彈琴著書，高歌永嘯，洞視古今，意氣浩然，以讀書、會友、游山爲『三樂』，直至終老。

《芳洲集》共收詩詞近三百首，按體裁分類。卷一收四言體詩、五言絶句、七言絶句、五言近體、七言近體；卷二收五言古風；卷三收七言古風、長短句，另有補遺、詩餘。其詩歌内容，大致爲懷故園、抒友情、遊山川、樂閑隱等。

《芳洲集》出自亂世，其詩詞得以留存，頗爲不易，加之刊本殊稀，歷來詩詞集亦很少選用，頗具文獻價值。

黎廷瑞生活在宋元更替之世，他的詩詞中流露出對改朝換代的迷茫、不解和苦惱，是當時諸多文人的思想反映，很有代表性，是一種朝代變易中文人的典型情緒。爲此，他經常茫然枯坐，『梧桐月轉影翩翩，竹屋抄書夜未眠。林下不知秋遠近，西風一葉墮燈前。』（《夜坐》）『露坐空庭竹四圍，夜深更不掩柴扉。茫茫雲海月未上，蒼耳滿園螢亂飛。』（《湖上夜坐二首之一》）面對入元後的一些荒涼景象，越發懷念前朝的繁盛，『桃花繞屋竹參天，曾向湖西住五年。回首但餘葵麥在，古人何必更桑田。』（《飲百花洲四首之三》）元元貞二年（一二九六），他四十七歲，元宵節正逢晴天，他雖也『喜晴』，卻『孤坐』『懷舊』，感慨萬千，心不能平，『悠悠人世半悲歡，忽忽天時更代謝。蟻國驚心城郭非，蜃樓轉眼風雲化。微生幸爾脫干戈，暮年聊此依桑柘。每當佳節强逢迎，忽思往事還驚咤。』（《丙申上元，喜晴，孤坐，懷舊二十韻》）在黎廷瑞的詩詞中，我們可以看到一大批文人在宋元之際的思想狀態。

黎廷瑞與南京的關聯，留存資料極少，很難知悉他具體何時遊歷金陵。『清明寒食能多雨，白下長干又一年』（《思歸》），從此詩句中可知，他不但來過南京，而且還長住過。黎廷瑞涉及金陵的詩詞，約略有十多首，如詩《鳳凰台二首》《半山寺謁謝太傅像》《新亭》《社日飲烏衣園》《晉元帝廟》《金陵歲晚》《思歸》《金陵別程萬裡教授》《金陵陳月觀同年三首》，詞《八聲甘州·金陵懷古》《水龍吟·金陵雪後西望》《南鄉子·烏衣園》《水調歌［頭］·寄奧屯竹庵察副，留金陵，約遊揚州，不果》等。『三山二水年年在，向日浮雲處處多。醉拍欄杆呼李白，東風吹雨下新河。』（《鳳凰台二首》之二）『不知玄武湖中，一瓢春水何人借。裁冰剪雨，等閒占斷，桃花春社。古阜花城，玉龍鹽虎，夕陽圖畫。是東風吹就，明朝吹散，又還是、東風也。回首當時光景，渺秦淮、綠波東下。滔滔江水，依依山色，悠悠物化。璧月瓊花，世間消得，幾多朝夜。笑烏衣、不管春寒，只管説、興亡話。』（《水龍吟·金陵雪後西望》）從這些詩詞中，我們得以瞭解宋末元初南京的一些景觀，以及當時文人的胸襟情懷。

清康熙八年（一六六九），鄱陽人史簡（字文令，號芝麓樵夫）編輯其鄉人之詩，將《芳洲集》編入《鄱陽五家集》中。清乾隆時期《鄱陽五家集》被收入《四庫全書》總集類，民國年間胡思敬又將《鄱陽五家集》收入《豫章叢書》。

《金陵全書》收録的《芳洲集》以南京圖書館藏民國八年（一九一九）《豫章叢書》之《鄱陽五家集》本爲底本影印出版。

吴福林

鄱陽五家集

乙未仲夏
刊於退廬

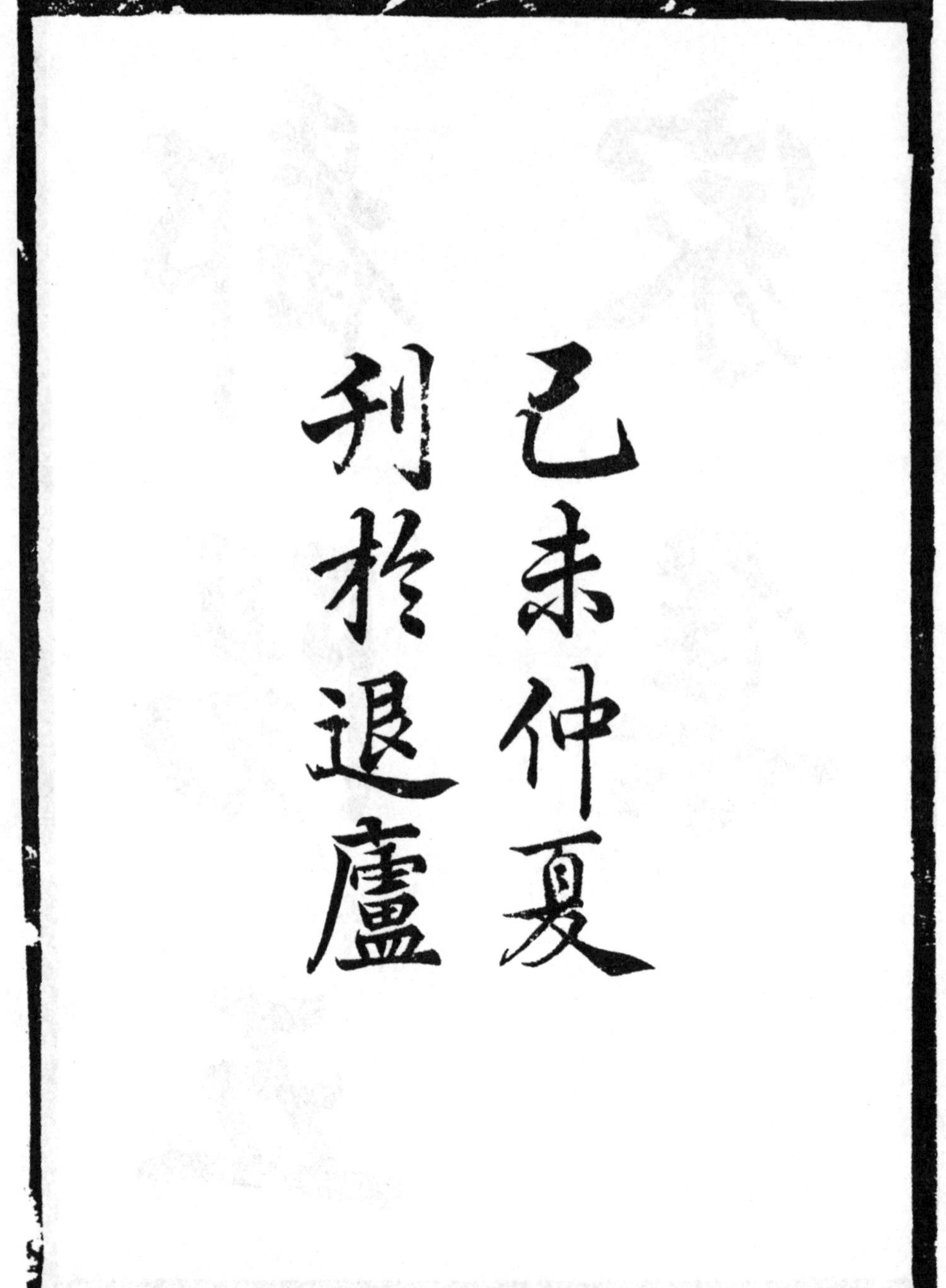

芳洲集卷一　　鄱陽五家一

鄱陽黎廷瑞著　　史簡編

四言體

送梁必大歸杭省親　楚水送梁子也梁子爲楚文學椽將歸覲其親友念別故作是詩以送之

悠悠楚水靄靄吳雲孰作之合胡然而分豈無良朋

我獨子忻於穆令德有粲其文

吳雲靄靄楚水悠悠眷念庭闈道阻且修爲貧而仕

匪食孰求曷不偕來以解爾憂

瞻彼日月有望有弦慨彼中年別友實難有芹于沚

有芝于山式遄其歸勿遠其還

五言絶句

李泌二首錄二之二

一副黃臺詁離離詠種瓜都來三十字救得兩官家

肅宗殺建寧王有讒廣平王者李泌舉黃金臺瓜辭云云今陛下已一摘矣愼勿再摘廣平王代宗也德宗欲廢太子立舒王李泌再三舉此以諫順宗獲全

食新有感

盡道豐年好停飡意惘然離離洛都黍莽莽建州田

題趙氏曉山

旦氣烱清明曙色淡空淨悠然見青山盡見天地性

烟雲亂晝陰雨雹交晚風道人定眼觀祇與淸曉同

張良

博浪揮椎處惓惓報國仇如何銷印事獨不爲韓謀

七言絶句

鳳凰臺二首

涓落零陽酒一杯赤藤遺墨亦堪哀蒼梧雲去簫聲冷莫是當年也誤來

三山二水年年在向日浮雲處處多醉拍欄杆呼李白東風吹雨下新河

半山寺謁謝太傅像

狐精解唱桂枝香一曲中州禾黍黄辨得蒼生謝安石東山絲竹又何妨馮深居題北山閣云却是後生王介甫不曾携妓遊東山

舟行

深深人語轉蒼崖犖路如梯滑似苔睡起擁篷看奇石一方新綠入舡來

寄龍山譚使君五首今錄四首

萬里雲濤海嶠秋倩人扶上黑雲凴一簾新雨西樓晚臥聽烏衣說舊愁

流離遷徙古今同淡淡青山往事空四壁蟲聲秋思苦夢中猶自奏豳風使君嘗夢與故參政留遠曾公按樂章曰此豳風也

霧閣雲牕罨畫開半栽松竹半栽梅不須更種桃花
樹怕引漁郎入洞來

題徧寒巖古佛廬唐人詩句晉人書吾鄉法雲寺山
靈亦恨無淸福消得君儂此卜居使君多題詩使君始欲卜居吾鄉

夜坐

梧桐月轉影翩翩竹屋抄書夜未眠林下不知秋遠
近西風一葉墮燈前

湖上夜坐二首

露坐空庭竹四圍夜深更不掩柴扉茫茫雲海月未
上蒼耳滿園螢亂飛

平湖漠漠來孤艇遠樹冥冥見一燈翁媪隔離呼稚子岸頭猶有未收罾

午坐偶成

日高篁竹門長掩春晚蕪菁花亂開寂寞更無人問字一雙蝴蝶雨中來

揚州遇雪呈祝靜得二首

玉珮珊珊怯暮寒青霄夜半躡飛鸞眞妃似念尋芳晚別剪瓊花與客看

六合沉冥四壁空夢魂只遶楚雲東明當掛席黃天蕩卧看茫茫柳絮風

落花

紅雪霏霏入燕泥朝來猶是可憐枝春風葵麥玄都觀可是劉郎見事遲

飲百花洲四首

北嶺尋花雲繞屐東湖載酒水平舡舊游零落今餘幾回首春風十二年

湖山幾度少年游散髮吹簫坐小舟秋鬢蒼蒼春樹碧更堪重過百花洲

桃花繞屋竹參天曾向湖西住五年回首但餘葵麥在古人何必更桑田

歸鴉澹澹夕陽閒窅窕樓臺紫翠間說向城中應不信隔湖最好看芝山

東湖詩十首今僅存三首

游絲窈窕織春暉楊柳人家半掩扉一片暖雲篩雨過杏花疎處見鶯歸

梅徑苔花長蓑衣仙翁跨鶴不曾歸五陵年少無聊賴幾陣風鈴放鴿飛

萬頃湖波水渺茫雨堤新柳綠絲長晚來疎雨浮鷗外何處漁郎泛小航

田家

陌上青裙跣送茶籬根白髮卧看家山禽不語簷陰轉一樹輕風落柹花

山行二絶

杖藜窅窕更崎嶇黄葉漫山路欲無小屋低煙長短竹曲塘斜日兩三鳧

野老相過一笑迎黄雞白酒愧深情山空日落早歸去昨夜隔籬聞虎聲

客舍

門前蒼耳與人齊屋後青蛙作鬼啼風雨瀟瀟天正黑披衣不寐聽鳴雞

大雪過花子峯下有懷仲退南翁兼簡志上人

詩人得意吐還休長要胸中此境留千載風流今始解剡溪夜半有行舟（仲退嘗有詩云蹇驢昨日雪濛濛破帽呼舟古渡風吟得詩成還未吐要留此景著胸中余深愛之）

閣下溪流閣上山溪山正好此時看絕憐孤負臨風約輸與山僧獨倚闌

九日二首（錄其二）

山下驚天動地雷山頭聽得似嬰孩幾回看盡人間世只好登高莫下來

予舊遊白鹿洞坐看書臺風泉四面松聲萬壑

去三十年猶在吾耳

風泉吹滿勘書臺洞口松聲萬壑哀幾度倚闌聽不足請君琴裏寫歸來

雨後過東山

羸驂破帽約輕寒破費春風半日閑一事無成年四十又隨花柳過東山

山行 二首錄其二

藍輿一路埜梅風午酒濛濛困未鬆側首松梢聽晴哢數峰殘雪夕陽中

病目 二首錄一

兩眼誰憐著古今中年贏得淚沾巾冥鴻滅没□天
曉搔首薰風對玉琴

王子猷

東晉諸公富貴痴風流千載使人悲子猷欲作袁安
卧還有閒情適剡溪

過馬當祈風　己卯

獨倚危檣數過鴻家山渺渺楚雲東吟情不到滕王
閣只乞歸帆一日風

楚翁別五年丙午四月來山中風雨數日因話
舊作再賦三絶僕與楚翁至是三聽雨矣不知

自此又幾聽耶
舍前舍後竹冥冥山雨瀟瀟徹夜聽還是當年談舊
夢兩翁相對一燈青
五載期君君不來悠悠世路忽相猜從今無事長相
見縱使百年能幾回
三千年待桃花結五百歲還銅狄摩我輩相期非旦
暮五年離別未爲多

新城宴集夜歸

獵獵天風吹酒醒𦲷茨籬落尙燈明梅花屋背無人
見殘角疎鐘雪一城

清溪許希賢自號拙逸爲賦四絶

結繩已是散洪濛書契紛紛日更工無極已前誰得似一簾草色自春風

瓜果蛛絲五綵鍼年年兒女費精神世間巧盡天無巧更要如何巧與人

能言鸚鵡鎖金籠夜夜家山桂子風羨殺雙鳩有閑福相呼相喚柳陰中

五言近體

丁丑元夕

嫋嫋條風至悠悠桂影升黃昏村市鼓紅日社林燈

節序更悲樂乾坤幾廢興龍城舊游處説着淚沾膺

戊寅人日

滿飲東風酒悠悠自醉眠英雄悲往運兒女樂新年
楊柳嬌無賴梅花老更妍半窗晴日晚欹枕聽春鳶

贈地理方生

桑田還變海深谷或爲陵物化全難料山經果可憑
小溪春綠遠新樹午陰層且了登臨事風烟攤瘦藤

入夏

入夏纔幾日新晴已不禁闌珊花晚景掩映樹初陰
西照山河影南風天地心物情殊可笑團扇已駸駸

聽琴

虛籟起還休輕絲斷復抽鬼啼湘竹雨木落洞庭秋因子作淅操令人悲楚囚蒼梧不可叫杳杳暮雲愁

江行

卷縴崖形削開帆浦意孤長天低去鳥落日蘸平湖渺渺千年夢悠悠萬化途倚篷成晤歎漁唱在菰蒲

新亭

不復新亭淚其如感慨何北風吹草木西照滿山河王謝聞孫少蕭陳短夢多庭芳搖落盡江上有漁歌

聽琴

淒涼烏夜啼怨抑雉朝飛有室寧非願無枝可得依天涯心獨苦歲晚淚頻揮莫作將歸操風塵久念歸

社日飲烏衣園

夜夜桃花雨年年燕子春同傾社日酒還憶故園人孤塔蒼烟迥空堂翠草新醉歸還自笑吾亦素衣塵

故宮

麥飯苦經營桑田許變更饑鴉啼古井獨鶴下荒城落日關河迴東風草木榮蒼蒼十二檜顏色尚承平

甲子雨次日清明

政須晴甲子早作雨清明萬樹朝烟濕一溪春雨疑作

水平農謡若果驗歲事已堪驚天意非人料西疇且力耕

輓王水監

庚嶺梅千樹貪閑不肯看皃歸玉棺下鶴去碧桃寒（七月七日亡）海嶽遺文在乾坤短夢殘蓬萊都水監應復署仙官

聞蛙

族處汙池底氣張新雨餘交交還閣閣疾疾更徐徐別製鼓吹曲自吟蝌蚪書道人喧寂等欹枕到華胥

湖上觀螢

依依起草際煜煜點荷心應是地生火得非天雨金
神奇出臭腐光怪發幽陰莫說太陽近明蟾已不禁

六月郡庠尊經閣前種竹三得雨書喜示同舍

移種來數日三沾沛雨恩雷公念同族易震說卦龍伯愛
諸孫鞭活金髯走梢寒翠鬣翻拂雲吾所望好為護
霜根

題李子厚蔄梅

樹樹都吟徧須還千億身未應分寸地能著許多春
丈室來諸佛懸珠內眾真閉門參此妙一笑月痕新

視穫

漠漠粱稻稀紛紛鳥雀飛吾田空竭力汝族更求肥
舌在話何用躬畊計又非悵然還獨笑落日掩郊扉

江行阻風

遠涉仍多病那堪正藴隆黃沙吹白浪赤日照青楓
天地支頤内江山散髪中一涼端足快莫恨打頭風

送族兄太初再遊廬山

家山豈不好更欲訪廬君應意麋鹿友其如鴻雁羣
江湖秋渺渺道路雨紛紛歲晚成歸否高山有白雲
高山太初所居

雨中旅懷

驟雨半日許新泥一尺餘鷓鴣憂我馬杜宇愛吾廬
問宿忻逢竹停飧遲買蔬明朝踏歸路晴霽定何如

過鎮巢

過盡黃蕪岸開橋小雨時城居懸似燕山勢縮如龜
歲旱圩田薄天寒土屋宜呼童沽白酒巢口賽新祠

答客問

錫號脩閒客山中管白雲自稱前進士八奐故參軍
花影供吟課茶香策睡勛客來談外事去去不煩君

晉元帝廟

不知牛繼馬却道馬爲龍得士能成帝生兒不亢宗

荒祠烟樹晚殘碣雨苔封往事憑誰問春城起暮鐘

病歸

渺渺江淮夢還持一笑歸遠遊諳世路危病得天機慢火煎涼藥清泉浣暑衣閉門謝來客不是客來稀

被葛

被葛起視夜梧心正露零浮生多夢境幽客獨中庭星斗三更動天河萬里橫爭秋無覓處四壁但蟲聲

登鄱江樓

江城一登眺寒色有無間帆拂沙頭樹僧歸雲外山樓高西照急葉盡北風閒世事何時足悠悠飛鳥還

歲晏

歲晏甘離索山扉午不開凍蜂粘病菊飢雀啄疏梅
美睡拋書冊清齋遠酒盃殷勤謝塵客無事莫頻來

送史水東訪餘干張千林史庚午與予篤

永夜一燈青相逢話苦心悠悠拾翠夢娟娟採芝吟
小雨黃花健西風荷葉深何須笑搖落春意在千林

送友遊淮

君行不少住明日是清明驛路垂楊暗淮河新水平
天晴紆野興地迥暢離情故友如相問深山戴笠畊

樂平樊主簿捧檄北行來別賦此奉餞

拊字心空悴清寒節太高無人相料理惟我獨賢勞
萬里隨歸雁孤帆渺暮濤歸期應不遠新月點梅梢

上灘

歲月川流駛風霜行路難忽聞喧怒瀑始覺上層灘
月落雞聲曉沙空雁夢寒雲林搖落盡敢卜一枝安

舡尾夜坐

舡尾夜深深無人伴苦吟萬山黃葉夢一路早梅心
度緯驚村犬移篙動水禽誰家搗衣急殘月數砧聲

新城呈王明父明日立春

晚歲寒無力新晴雪未消江聲連去雁燈影見來潮

野闊鄉心遠風高客夢遥梅邊有新意明日是春朝

贈畫龍章道人

幾載湖中住歸來筆有神青天雙劍氣破壁一梭塵
舉世惟看畫何人更識眞千巖冰復雪雷雨動青春

夜泊城下大風雨友人約明日遊芝山

沉沉春夜黑寒客泊孤舟天漏雨平下風回水倒流
干戈吾道在宇宙此生浮明日還晴雨芝山要一遊

宿界首寺施府墓園也次孟使君壁間韻三首

沙路抵長夏入山如早秋閒房容客卧老屋欠人修

日落蟬多事雲深鶴自由風塵二十載復此得清遊二十年前去遊此寺甚殿

晚泊舒城下

卸帆淮南岸城樓欲鼓天遠山雲似雪近水星如舡樹意紅未了波光綠可憐乾坤無限事一笑白鷗前

七言近體

淮南聞雁呈何復初同年

孤棹翩翩北渡淮相逢一笑意悠哉關河萬里忽秋晚風雨五更聞雁來好夢驚回頻展轉壯心平盡復崔嵬吾生通塞寧須計但祝乾坤泰運開有爲余推數者謂晚

始得泰卦

金陵歲晚

不擬殘年住秣陵摩挲蠟屐笑平生茫茫去雁雲千里渺渺疎鐘雨一城天地無情催歲月古今何物是功名梅邊且喜春風近痛飲挑燈坐到明

思歸

目斷飛雲思黯然獨携樽酒杏花前清明寒食能多雨白下長干又一年萬里風沙憐雁去滿村桑柘憶蠶眠家書寫就無歸使欲問江頭上水舡

巢湖阻風夜起觀天

流行坎止信悠然又泊湖東兩日舡客裏風光忙似轂夢中歸路直如弦西風渺渺方搖夜北斗離離正掛天寄語龍魚莫相戲向來此地亦桑田

寄朱埜翁兼簡月觀陳同年應子

相逢淮楚各淒涼笑殺三生杜牧狂蘄樹鶯花春對酒一燈風雨夜連床停雲渺渺思何極大塊茫茫夢正長若見元龍相借問爲言歸去學畊桑

里中社

蘚石莓墻屋數楹年年來賽社公靈兒童趁節懽如沸父老傷春涕欲零海燕邊鴻何日了夏松殷柏爲

誰青村醪如蜜猶堪醉莫遣東風兩眼醒

金陵別程萬里教授

西風一笑鳳凰城夢裏相逢各自驚白日共傳蘇軾死故人寧料范睢生平居慕悅空閭巷□□急難如弟兄別去各爲千載計隋珠彈雀不須輕

蕪湖吉祥寺

寺創晉永和間李昇避難此山後得國改永壽宋景祐中賜今名寺中燬有僧餘者來法鼓自鳴道場復興又邑人解牛三夕不能奏刀牛見夢曰當送我吉祥遂送寺供麥礎山

谷作碑紀事晁无咎篆額今寺荒凉特甚好事者時時打碑不絶

刹院年來正勃興此山更不及承平全無估客開囊施猶有殘燈逐鉢行晉殿唐宮牛一夢黄書晁篆鼓常鳴摩挲古柳成三嘆歲歲東風緑自榮

馬丞相輓章

平生甚似洪文惠（公自謂平生祿位出處似洪文惠公）暮景惜不如盤洲纖兒何人竟誤晉（公有詞云東晉纖兒撞壞來令人間受禍）大夫此日空非周長夜漫漫不復旦芳草凄凄其奈秋（公自號玩芳病叟）遺書墮淚付千載往從后軒雲間遊

阻水寄友

綿綿風雨暗西窗悶擁殘編對夜缸稚子何知泥汚土艮朋共嘆陸成江負山鰲重應將壓戰野龍驕未易降此去城東無百步明當相就一漁艭

夜坐風雨忽至

山中夜半風雨來板扉竹戶如人開孤燈淡淡吹欲死飢烏啞啞啼更哀青陽甫達諸火滿素志無伸華髮催於戲聞道亦未晚策驥千里毋徘徊

癸巳七月送姚廉訪移司金陵二首 錄一

十載孤懷鬱不開二年談塵得重陪亦知久聚難爲

別縱復相逢有此回埜老共遮驄馬路山翁合管鳳凰臺慈湖相見如相問（謂年魁陳宜之）已約鍾山探蚤梅

院口寫望

短艇搖搖對晚屏推篷念遠不勝情風前落木心猶壯雨後歸雲氣未平湖汊條條新築塞圩頭處處薄收成道逢遺老頭如雪細聽尊前說舊城

九日浮梁有約登高者以病不赴

老樹荒城噪暮鴉淒凉節氣滿天涯絕憐多病相疎酒又是重陽不在家浮世光陰易紅葉秋籬晚節復黃花閉關寍負登高興莫遣西風戲孟嘉

歸來

幸未緇塵染素衣歸來旣避北山移田園有味閒方覺道路多歧晚始知栗里新銜五柳傳花蹊舊業四松詩少遊款段猶嫌累到處風塵藤一枝

渺渺皋蘭遠路漸靈龜何必爲余占還家早似千年鶴乖世元無六月蟬元叟爲官猶號漫陶翁未仕已名潛吳人終未諳羊酪剛道蓴羹似蜜甜

庚寅元夕月當蝕雨作不見明日奚相士索詩書此

月中八萬四千宮不管妖蟇啖老瞳白兎藥成無用

處壘龍雲上有奇功且忻玉宇瓊樓在莫恨銀花火樹空自古庚寅多此事煩君擡眼相蒼穹

江上夜觀曉燒

坎離血戰夜茫茫萬里陰飈更助狂兎窟那知烓郿塢蟻封不料火咸陽三更月起雲霞瞑九野冰凝雷電光莽莽黃茅寍暇惜莫教薰著早梅香

題胡氏南園精舍

平泉竹石墟荒蕪李德裕居平泉金谷池臺莽廢墟今古茫茫竟誰屋乾坤呐呐有吾廬溪山圍座醉留客燈火隔林聞讀書此樂輸君先一着故園吾已賦歸與

花時留郡歸已初夏卽事六首

黃塵兩鬢欲蒼華歲歲東風不在家不學郭駝歸種樹却隨劉跛去看花浮名未値蒲萄酒晚味思參橄欖茶縹緲風烟新綠起村南村北已桑麻

正是花時坐弗邀出門新綠滿江皐池塘瀲瀲鳴姑惡草樹陰陰度伯勞宿酒轉添胸磊塊遊絲欲亂鬢蕭騷西疇昨夜春膏滿免得人間費桔槹

從來麋鹿合山林無奈迂疎習已深食用且空猶種秫典書未贖更修琴少豪論事唯捫舌晚靜觀空頗得心莫笑山翁無事業種花蒔竹自成陰

心鏡翛然澹似僧悠悠觀化寄枯藤雲來雲去閒舒
卷花落花開小廢興吹笛强呼從百里種瓜清隱學
東陵楚人知有觀書癖遠餉松肪續夜燈

山中幽興儘無窮不管蕭蕭四壁空漸覺愚巾便暑
戴元次山暑則受愚巾偶逢賢酒亦時中映堦草色帶朝雨隔
屋筍香吹晚風搔首南窗有奇事絲楊初破石榴紅

多年不訪鳳山春清賞歸時肯見分伏虎移來湖上
石瑞雲飛下海南雲眼根磊落袪塵翳鼻觀清虛發
妙聞坐對翛然誰與語綠陰蝴蝶自成羣鳳山朱公尚書堂名
理皇宸翰朱尉近惠奇石二株海龍香十丸余時正病日

送李性夫赴召時李以端午采藥後行

蚤沉海底氣升霏消得皇皇四牡馳此去玉堂成故事未應金馬待多時願儲救世三年艾更采銷兵萬歲芝萬歲蟾蜍名肉芝陰特報明時端不負古今良相即良醫

春意郊行二首錄一

卯酒醒來欲午天意行平陸自悠然近山欲雨有遠意老樹得春還少年蝶化不知何宇宙蝸爭難到好林泉令人長羨崆峒叟萬壑松風打晝眠

淮南夜泊

低篷矮艇載詩翁又泊淮南港汊東月黑荒村行獨

虎雲深遠渚拍低鴻詩書落落心如梗天地悠悠髩
欲蓬展轉孤衾無限恨客中此夜與誰同

和張君春晚圖

知道芳菲只恁休也應秉燭及春遊來牛去馬乾坤
老舊燕新鴻歲月流千里空勞芳草夢一樽聊慰落
花愁桃源只在扁舟外說著仙郎却繆悠

歸來

會奏明光忝末科青山回首已霜荷偷生甚媿秋胡
婦拊事總成春夢婆早慕功名成事少晚談空妙得
心多斜陽一曲歸牛背笑殺靣山白石歌

過釆石懷太白

騎驢花縣不相容却駕長鯨戲遠空釆石釣船還夜月青山破墓幾秋風平生賞識惟狂客他日功名付令公千載英雄長不死長庚光徹紫霄中

送人之淮南

淮南稍覺故人稀幾度拏舟願輒違王粲去鄉應有恨邴原避地豈無依稻迷絳國鴻初下酒滿江城蟹正肥想見臨風重回首芝山日日白雲飛

次韻答王子賢所寄五首 今錄三首

釣竿閒却下漁磯釆釆香芹不自肥舉步毫釐千里

錯回頭四十二年非已將明鏡悲華髮更遣緇塵染素衣飢食肉糜應是好倚門日日望兒歸

角奮箕張謗易生更堪枉矢與欃槍五窮纏綣奴休送三至倉皇毋亦驚逸少自慚君有誓李期誰謂爾孤鳴東風吹盡芝山雪晷放梅花一樹明

夜讀新詩重惘然絕憐塵土過年年月供那有千壺俸日費元無一塊錢罷老何心更城府陶公素志只園田桃源不在乾坤外欲問漁郎覓釣舡

九月六日發舟齊山下呈祝靜得蔡君瑞

齊山山下泊扁舟尙想三生杜牧遊南雁喚回千載

夢西風掃碎一江秋黃花落落如相逼嘉節匆匆也
合酬誰擬峩眉亭上去買魚沽酒浣羈愁

金陵陳月觀同年三首

已是收枰歛手時更堪拈起着殘棋露盤不解相如
渴桃實難充曼倩飢吾末如何眞已矣是知不可復
爲之令人長媿商山叟四海淸夷只茹芝

深衣社裏强婆娑悞了東皐雨一簑麟也可爲宣父
泣鳳兮須信接輿歌懷金暫樂憂方大投璧能全碎
已多此去修行留得力世間知己是天魔慵菴集載此首題爲漫與

莫道桐花楝實清比量腐鼠不堪爭鬼應勿復揶揄
汝人亦眞難駕御卿犬子何心求徇監貛郎到處有
魚羹白雲滿地江湖濶着我逍遥自在行

九日雨遊薦福寺二首錄其一

小瀹孤亭興未闌共爲長嵗坐蒲團半林空翠濕晴
露滿院秋香吹晩寒弔古并捫碑字讀好奇更借藏
經看歸舟莫笑清狂絶得句從來勝得官

還家二日聞征西軍馬來人家俱避地寒食獨
酌有懷諸君

閉戸雲山轉盡（疑作晝）長祇消如許送清光一百六日

栁邊綠五十三年頭已霜頼有孤斟聊勃鬱惜無共語慰凄凉前時溪上行春處想見家家避地忙

送朱瑞卿 安慶人

長憶揚州笑口開扁舟何意子能來居然一別又三載如此相逢能幾回春色漸歸千古樹雨晴猶有隔年梅歸帆不泊無邪水少駐東風傾一杯

梁必大歸自燕山有詩問訊以詩答之

折柳空驚歲月徂寄梅欲憶雪霜餘君看天上烟花遠我伴山中水石俱婚媾鬢鬢難辨老友朋往往不如初極思一見論心事城府年來跡漸疎

余秋村創書院

五鳳樓修謾賦空不堪四壁老秋風黃金白璧相逢頃交杏香茅一笑中子美堂資須錄事（于美花溪之堂長覓力資而成之）堯夫宅契出溫公諸公更使風流盡千載遥知意氣同

芳洲集卷一終

芳洲集卷二　　鄱陽五家二

鄱陽黎廷瑞著　　史簡編

五言古風

古離別

迢遞君遠遊纏綿妾孤傷年年望君還悠悠空斷腸
我願陵成江有車不得襄江復變爲陸無水通舟航
成江路還通變陸路更長安得微賤軀乘風墮君傍
化爲舟與車載君還故鄉
團團素明月隱隱流前除卷帷對孤影涕泗沾羅襦
念我玉關人此心知焉如何方得靈藥託身爲蟾蜍

懸光萬里天往尋君所居君坐照君席君行逐君車

道傍兒

落日古道傍依依聞哭聲云是田舍兒垂髫纔九齡前母久已没後母無復情飢寒夙所更驅役不得停甫課南山樵又督西疇畊丞汲或至晏夕舂恆達明曾何少懈怠動輒遭笞荆班班膚無完恍恍神不寧命也可奈何怨辭安敢形但願後母心回慈念孤生遲我齒力壯與母供使令余聞重歎息爲汝雙淚零憑誰絃履霜彈與汝母聽

桐華

絶岸有孤桐，日受藤蔓侵。芳韶歇頽紫，餘暄始相尋。粲粲白玉花，照見清溪潯。時至聊一吐，豈有東風心。乾坤寄孫枝，隱隱孤鳳吟。安得太古手，爲斲重華琴。奏之嵓廊上，和以簫韶音。惜哉此妙質，歲晏娛空林。渺渺蒼梧雲，興懷一何深。

夢眞三首

昔夢驂八駿，往赴明宮昭（疑作招）。鼉發赤水陽，夕抵崑崙椒。恭陪瑶池宴，親聆白雲謡。雲來何英英，雲去何飄飄。山川悵悠阻，樓臺空閴寥。想像雲和笙，青鸞度秋霄。

昔夢拜絲章縹渺朝紫微鈞天侍清醮寶書析玄機
錫之瑤碧簡賚之青霞衣微班司玉條下糾濁世非
還家未中道翠水烟塵飛朝眞諒無期丹忱日依依
昔夢過宛洛遊戲芙蓉城道逢王子晉邀我升天行
翩翩控鶴駕依依歛鳳笙銀河未西流翩然倏遐征
碧桃開晩花繞山空月明

寶劍化

我有二奇物太阿與龍泉床頭雷吼匣屋角虹貫天
刺虎如切匏斬蛟猶截絃神光未獲試所遇乃不然
時平會銷兵一笑甘長捐瀉茲太古水早破洪爐烟

化身作農器往斸南山田元烝還不死爲人作豐年

社日雨

今社來無涯古社喚不回社公亦無情兒劇艮可咍新水雨疑作 豈不佳舊雨令人懷離離芳草生澹澹桃花開吾輩不須治聊復盡此杯

醉中放言

一器集百蚋分寸爭營營醉鄉有太古長年樂昇平尙不知揖讓固應無戰爭吾嘗涉其境信美不可名遺我度世方南遊釀滄溟蟠桃以供核釣鯨爲之羹小醉五百年大醉三千齡俟其變桑田翩然却歸盺

我畊不藝秫還以供瓶罍哀哉彼眾狂何不促我行
汝行未宜遠小駐中山程中山有神醪千日醉不醒
三十六番醉亦足了汝生

負暄吟

陰風吹蘆花鋪錦滿汀洲不充赤子襦露骭寒蕭颼
煌煌扶桑君懸鏡燭隱幽惻然冰霜晨被以絳錦裘
窮閻一欠伸僵體回春柔天衣難久戀向晚復下收
南山拾枯樵寒夜爲衾裯灰冷更正長展轉何時休
東方行且明小忍君勿憂

城中別徐山玉先生歸歸後奉寄

北風走平湖，枯荷鳴索索。握手出城東，歸鳥日欲落。人事當語離，抱懷寧不惡。孤帆烟雨舟，悵不同李郭（山玉拉予同舟，余得便舟先行）。吾嘗評此子，宜置在丘壑。可憐西極馬，俯首受羈絡。何當稅彼駕，與子翔寥廓。結廬溪水上，日夕對郭璞。清曉林霏開，碧玉峭如削。青巘動高興，安得踐斯約。尊酒不復携，巖泉清可酌。

雜詩三首

后稷播百穀，粒茲阻飢人。新苗化爲舊，舊種還爲新。萬代一粒傳，何嘗失其眞。君看田中秋，穗穗上古春。

太極生天地，同是有吾身。吾身千世前，親見義與神。

不失赤子心是卽無懷民云胡逐頹運澆浮散其貞
良苗不自殖甘與稊稗倫勉哉耕我田歲晚收陳陳
邱嫂禮金印故妻赧朱輪區區富與貴祇可夸婦人
彼婦一何愚所羞惟賤貧安知墦間妾覩此淚沾巾
蒼蒼鹿門山高風清絶塵
西域去中土荒徑無人開誰眩武皇意極力致龍媒
汗血竟何用空聞悔輪臺茂陵土花碧石馬秋風哀
悠悠數世後引得金仙來

過浩山

高樹停歸雲峭壁下落照北風一萬里絶頂吹野燒

行行念高堂履險心欲掉茅茨者誰家喧語雜老少開門止戎宿四壁亂蓬藋自言兵火餘零落僅餘樵世故莽難詰濁酒寄一笑月黑雲冥冥屋頭聞虎嘯

別何復初教授

貂裘日以敝滄海理歸舟戀友那忍別思親詎敢留豈無還家樂而懷索居憂北風吹大江江水日夜流吾道莽何之天運亘悠悠安得兩黃鵠與子仍丹邱

陪外舅謹齋洎雅山準軒三吳先生遊西園摘新茶汲泉煮之香味殊勝焙者

雲根得奇草金芽擷芳鮮石鼎生古瀾松風語寒烟

雖微龍鳳製而得雨露全玉塵飛素濤信美非其天
臨風勿浪啜侑以離騷篇

庚辰六月陪謹齋準軒雅山遊西禪超師院以
柳詩道人庭宇靜分韻約有興卽賦余得庭字
時小寐禪床風雨適至遂賦宇字

小憩西禪床謝絶半日暑白雲憐倦客清陰覆停午
翛翛陂上風沉沉竹間雨幽幽一室虛眠眠羣葉語
冥搜得奇想熟寐透滄古九衢喧埜馬萬喙爭腐鼠
誰能大槐根擺落半柯土浮生得今辰幽期況茲宇
延緣欲忘歸落日齋堂鼓

過太白墓

下馬弔太白壯心重徘徊秋風吹破墓晚氣生孤臺四百六十年詩魂安在哉神人豈久謫旋復御炁回元無采石舡而況青山堆攘臂競眞僞世儒良可咍煌煌長庚星光射天門開攜樽立遙夜勸子鸚鵡杯

壬午再過西禪超師化去一年追感遂賦庭宇

昔詣超師院聽雨眠疎欞微吟得深警小瀹聞孤醒四極何浮浮纖烏飛不停重來未三年杯度已西溟巾屨空掛壁芳草綠滿庭嘉樹亦剪伐霜幹無留青人生意何常孤月行秋冥適來偶流輝倏去還韜靈

旦暮不足計惜爾猶典刑感慨誰與共晴簷語風鈴

道過徐山玉英仲退來會宿別後作寄

扶輿蹋殘照懷人度青林一笑得二妙坐看西月沉短燭搖古碧華樽湛芳斟高歌擊唾壺琅琅出商音東風行空山和以蒼松吟飄颻洞庭樂要渺南薰琴天地空濶遠歲晚誰知心相對成浩嘆忘言擁單衾東方忽已白握別西山陰違離未云遠懷思一何深常恐蕙帳空此樂難重尋時山玉將赴學官

種蔬二首

可憐黃觳觫役役秋畦耕既以謀我飯又復謀我羹

早暮一束芻所報良亦輕飽食輙自媿悠悠念吾生夫人肉食謀所爽甚于飢但能咬菜根何事不可爲采采首陽蕨燁燁商山芝此味千載長雋永當自知

題李庭秀學隱山房

燕坐萬書圍高吟八牕空是間足佳處何用邱壑中南山有玄豹翠霧澤茸茸一朝文章成平林嘯秋風

過太常寺簿謝公故第公名章字華卿蜀人寓居南康丞相方叔之姪自號虛舟咸淳中任國子監簿上殿抗疏斥賈似道遷太常簿拂衣歸廬山以國子丞召除知辰州俱不赴海内高之

丙子及難弟爲水驛云

落日廬阜紫飛砂湖水黄散倦登古原舍悽眺層岡丹梯遂寥邈丹梯謝樓名沈思熱中腸當年叩玉墀抗疏何慨慷拂衣雲壑卧著書名山藏築園印清流藝樹條孤芳英彦集文字燕席開華粧人生旣難料天運亦靡常蹟蹟玄雲陰蕭蕭北風涼山流鰲背空柯攺蟻夢荒事往蹟已陳名存道彌光獨念平生遊使我重感傷破壁嘶瘦馬疊鼓發暝航屐痕難重尋寒苔日蒼蒼高邱渺烟霧不得酹一觴懷哉我先銘公銘先考墓翠琰垂千霜俯仰落清淚目劬江流長

憶巢雲居　君名鍈字德開姓徐氏蜀人謝相以女姪妻之依虛舟居南康工詩善畫嘗領鄉舉當赴特科不就甲戌九月以疾終諸事皆不及見云

棄家錦官城結屋廬山前退鷁空悠悠冥鴻自翩翩
吟章一傾蓋見賞朱絲絃及此再承晤交情重纏綿
冥賞富雲壑清聽窮風泉携壺流雪臺吹笙落星船
重陰閟華景平陸成修川君應有先識化鶴不待年
重來訪舊隱滿目空悽然琴書竟奚屬詩畫知誰傳
拊懷重感嘆回首還延緣搖搖松梢雲疑是巢中仙

過于越宿熊氏澹園偕東采駕閣西下國正二

　同年登羊角峯觀天池訪昌國寺陸羽茶竈拏

　舠過琵琶洲迴延休觀聽琴記遊四首錄其二其四

倚策試新晴扶揺上羊角山空葉自語天近雲欲落

危亭渺何許高木黯猶昨悠悠念物化漫漫悲世濁

何當擊天池與子翔寥廓

當年曲江燕並醉西湖舟芳夢故依然落花水空流

今晨定何朝聯裾此夷猶暄風不驚波小泊琵琶洲

無人度新音松風澹蕭颼却回羽人觀復爲瑶琴留

俛仰信多感逍遥且忘憂幸無商人舡喚起青衫愁

登聚遠亭見思陵所書東坡雲山烟水一絶宸翰在焉

枯筇倚落日危闌眺西風溪水清練練雲山碧叢叢仰視天宇濶俯瞰塵世空謫仙有妙音飛入蓬萊宫鈞天動清聽雲章照晴虹故殿已秋草茲地猶青松雙龍護璽文德壽殿書塵暗珠絲蒙徘徊愜幽賞感慨懷深忡萬夢天地老一笑今古同自携白團扇悠悠遺飛鴻

同齊節初遊吳園登四時佳興樓有懷張史君

張史君名洪字伯太仕至尚書郎知嶽州府余

不及識君嘗和其所賦平遠十絶辱惠書報以
古體三章且約子一會未及赴而君捐館矣詩
爲云長鑱白木柄茫茫走天涯靈知屋角松流
膏藏竈蛇醫和不可鑄空林芳菲菲六丁護香
珀千歲以爲期余不足以當此錄之以著不忘
澹澹池中華離離池上樹緬懷龍山翁婆娑此成趣
相招桃源舟蹇子莫能赴翁今爲飛仙乘雲還帝所
歸燕隨秋風翠樓渺烟霧會面良獨難知心那復遇
空餘千歲懷冷落香珀句平原若爲繡鍾子安可鑄
蕭蕭衆芳盡冉冉流年度浮生欲如何三嘆出門去

重陽雨與湯叔巽諸公齋亭小集

初余撫奇節賞事彌穿巒幽躋幾屐換豪飲百榼乾詎知中年至況復行路難林谷深且窈巖岫繞復攢叢疑熊豹伏穴揣龍蛇蟠晝雨已冥冥夕雲亦漫漫升高躬易危居卑心所安蕭齋豈不陋英集聊相歡東籬獻初華西風被莪冠汎汎茱萸觴落落苜蓿盤接此造極談勝彼登峯觀終然有深懷悠哉發長嘆泰華采香雪小山訪遺丹憑誰吹玉簫雲外呼青鸞

夜泊彭蠡風大作

卸帆月欲墮泊岸風轉急驚砂傳鐵箭飛霰散瓊粒

重湖太古水帝遺龍下吸潛鱗失故穴蒼黃望舟入豈知政坐窘衾裘盡沾濕慌慌中夜起莽莽百憂集披衣視雲漢慘淡天一笠頗疑盧阜倒三嘆救何及平明笑擁篷五老猶壁立

湖上被水有感二首

汲汲湖上叟種瓜湖上園晨夕自抱甕長此蒼玉丸所希烈日中消彼行人渴垂垂一月雨平陸白浪翻屋廬且已沒根蒂那復存初心竟何如天意吾奚言天公亦兒劇日縱驕龍嬉弄翻鬣上瓢一蹙共渺迷交交蛙出竈洋洋楊浮塵居者既憂墊行者復蹈危

覆舟誰民婦滅頂誰人兒是日浮梁南二漁家覆舟有小家子渡戴堤溺焉

一戲遂如許高高那得知龍驕禾易制天劇不可爲

送司命君　楚俗相傳竈君以歲暮登於天凡人間嬍惡事必具奏焉祠之唯謹爲作此以送神

玄鶴導颷駕黑螭載雲旂云是司命君歲暮當賦歸
欲將人間事嬍惡奏玉扉昊皇倘垂聽瑣瑣安足譏
一冬天氣燠占者疑匪機野蔓旣頑綠山桃還僭緋
稍稍痴蛃集紛紛凍蠅飛願言剪銀河雪花玉成圍
驅厲濯春瘴竄蝗銷歲饑青君且戒嚴豐豐欲近畿

斯人有至望此事宜速祈君言或見用帝力亦巍巍
一觴贈君行願君聽勿違

東軒白芍藥盛開

宿雨卷餘芳庭戸綠陰靜玉仙從何來服佩淡如瑩
迎飈薰自遠承露色彌正尙嫌脂粉涴肯與頳紫競
姚黃花中尊擇配此其稱寰塵暗京洛偃蹇誰敢聘
當年廣陵譜豔賞非不盛翛然林下風政以道韻勝
過期知益希含章隱希病斜日下游蜂一笑欄獨凭

夜大風明日視新竹無恙

墻陰老龍孫氣欲干雲霄共愛秉勁節終虞忌高標

東風撼南極，萬壑翻江潮。挑燈不成寐，念爾心搖搖。天明報平安，阿龍故自超。山翁喜欲狂，呼童傾巨瓢。舉酒壽此君，不飲吾當澆。

雜感六首

凄凄寒露下，疊疊孤蛩吟。幽人起徬徨，嘆息淚盈襟。物情正得時，我悲獨何心。

翾翾田中雀，貿貿塘下鼠。朝來啄我粟，莫來食我黍。羸牛卧墻陰，枯草原作莫關風雨。

讀書不救飢，山園聊荷鋤。蔓既荒我粒，草復亂我蔬。一笑非吾事，忍飢還讀書。

元陽秋轉碧積凍春更好草力乃如斯人生得草草
寒暑浩茫茫哀哉未聞道
孫子傳世世水石窮年年太行亦可移滄海終欲塡
入聖諒非難懼君心不堅
一根起千枝一枝吐千花花復結爲實種種春無涯
開門掃秋風閉關養靈芽

樹垣

開門俯清池樹垣因古坡經營旣鹵莽葺補還蹉跎
前冬雪如山去春雨如河幾微不自愼追玆功力多
倚杖寄三嘆反躬當如何

去草

佳花日封漑惡草時剪嫥花事猶未緒草意復已高三嘆謂老圃不得償秋毫榮悴豈其天閶之聽所遭老圃顧我嘆吾豈讐蕣蒿茲圃吾所職不爾毋乃叨君言固近厚吾躬致辭勞

伐木

墻角有惡木據我千畝園蔽虧日月光壅遏雨露恩其下草不殖況乃蘭與蓀蒼藤交龍蛇護擁何雄尊廚人告薪絶命斧急剪髡終然非遠圖會當拔其根

除棘

萬甲綠未動棘叢已蓁蓁所害雖尙微剪薙當及辰
舍鋤忽三嘆念爾亦〻一春是中留復雜惻然爲之顰
築垣俯清池池上插柳青誰能限芻牧徙之池水濵
柳吾所甚愛護柳吾不嗔美醜無棄材位置固在人
豈特遂物理亦以成天仁

遷椒

椒性惡卑濕種之必陽坡托根苟失所美質其奈何
及丞遷高原薰風丹實多

春社同粱必大湯景文徐山玉吳昭德吳仲退
李思宣周南翁飲芝山五峯亭二羽士來會以

范文正公雲飛過江去花落入城東分韻得雲字

戊雨敷雉甲午晴沉幽薫時邁足示慨景舒聊暫忻聯屐得英彦携壺出塵氛亦有丹邱客共眺青山雲芝空石磊磊華落川沄沄代遠弔殘栢吡勞念遺枌吾生竟何如茲飲又及𦞂萍流豈易合星聚還當分深憂愴范老長謡唁盧君邂逅有千載寧無感斯文

晩晴

欹枕聽殘雨開門看東風春光無尋處天地綠氣中初旭散平埜快酒瀉怒洪閼闢枝上禽舒舒草間蟲

東郊歡且謡秉耒開歲功緬思陶唐化坐致黎民雍
斯時諒奚如殆與新春同愚生後千載不並稷契逢
唯應杯中物上與邃古通取酒且竟醉山花舒早紅

集陶句題吳雅翁心遠堂

居止次城邑性本愛邱山曲肱豈易冲靈府長獨閒
秋菊有佳色緣酒開芳顏羲農去我久千里乃相關
遥遥望白雲高操非所攀願言躡輕風八表須臾還

張子房

早見滄海君晚即黃石公力士不得力驅使芒碭龍
仁義以為椎氣蓋百代雄一擊函谷[illegible]再擊烏江空

從容一籌畢全漢酬其功何乃不自知而以留見封鄭侯辱械繫（原作擊）淮陰嘆藏弓彼皆為人役詎敢望此翁辟穀豈其然視世與穀同可憐商山老亦墮子術中

夜讀馬援傳感少游語

生人有恆道衣食固其須裁足諒已難況復求贏餘所以古聖賢守道日窮居緼袍敝弗厭簞瓢飢自娛徐行豈不安焉用馬與車掾史亦良勞抑首畏簡書放曠山澤間孰與從樵漁無求恆泰然有擊還多虞但當力為善汲汲希舜徒于然守故邱庶不忝厥初

寄語馬少游斯言定何如

杜門

有客扣我門丁丁如啄木久立門不開客去嗔此屋
僮奴亦怪我無事許畏縮向來豪俠場門外車接轂
將無晩之具效彼龜藏伏山田歲將收亦可飯脫粟
不厭客來頻所厭客論俗豪辨既多違强應還自恧
但恨平生友歡聚不得足存者隔川途沒者臥邱谷
精微向誰剖鬱結滿心曲何如掩關坐黽勉抱吾獨
揮絃送征鴻悠悠楚天綠

讀書

卧痾雲林下，寂寂誰與居。高風下木葉，泠泠晚窗虛。
忽思往代事，聊披案上書。始得暫欣然，稍久嘆以吁。
衡冠或憤激，反袂還歔欷。拊卷忽自嘆，毋乃狂且迂。
此何豫爾事，況復千載餘。來今正綿綿，爾心復何如。
有懷不自展，乃挾冰炭俱。因此得沖靜，萬念悉掃除。
巖花吹幽香，清酒湛滿壺。且復舉一觴，冥然聊自娛。

題汪氏插梅卷後

插梅元無梅，春風從何來。菀菀高樹起，燦燦繁花開。
向來孤山老，鋤雲親自栽。寧知歲年晚，更受雪霜摧。
用意不食實，無心或成材。天工未易窺，人力胡爲哉。

掩卷既三嘆今古盥獨梅終恐事偶然願君更深培

孟使君餞行即席以幾時杯重把分韻得幾字

平湖澹微雲小雨涼衆卉歸懷重依依把臂還疊疊昔別念𤅢深茲聚知復幾離觴不忍銜清風在舡尾

飯石壁下逢僧附船還呌嵓寺明石山如平臺曰豬亭山也僧至嵓下飲要余同遊舟已去矣

晝飲石壁下蒼蒼雲樹寒忽逢一僧來欲趁扁舟還云住呌嵓寺共看豬亭山揮袂忽而起絶磴躋復攀揖我少輟棹步涼同扣關日落南風起不知流下灘

甲午九月留浮梁與鄭瑞卿吳河（一本作可）翁方玉

爻方可大晚出郭飲溪上古樹下以黄葉覆溪

分咏得黄字

歳晏天蕭蕭日落山蒼蒼尋幽度小澗眺遠躋層岡班坐古道上落葉滿地黄行人去自急歸鳥栖亦忙偶兹一餉間嘅彼千載長知恩各有殉博簺俱忘羊人生今幾晨聊復盡此觴

田間

牛羊散空烟鳧鴨滿平皈扶藜度西麓脫屨涉南澗行覩頳肩穫坐媿綠陰飯田毛信靡嬴井稅亦可辦隔籬新釀熟要客一笑粲寂寂寧少悰炎炎故多患

但願長如茲聊爾娛歲晏

村居晚思

清風起層陰涼雨放疎點衆木鬱蒼然芳草綠苒苒
山深無來轍寂寞荆扉掩念遠悵悠悠殘陽在西崦

同吳仲退周南翁登法雲寺志上人流玉閣

偶與幽人期頗愜滄洲趣嵐影倒虛碧天光瀉晴素
煙橫雙鷺起水落孤帆度凭闌足清眺隱几得玄悟
顧茲半日間媿彼經年度更遲雪中來臨風看琪樹

次韻吳雅翁秋懷四首

蟋蟀鳴空堦亹亹昏達曙感此不成眠推枕覓長句

物情欣得時我乃獨不遇悠悠經世心歲晚付農圃
長歌豳七月掩卷淚如雨斂虫亦見録老我吟謾苦
周公不可夢哀哉弗如汝
憶昔登王畿花柳春爛爛芳年親與朋美酒夜復旦
參差隔世路荏苒歲華晏荒地芳草平廢殿蓬螢暗
念當弔陳迹誓以鑄門限仙人詠城郭釋子說夢幻
宇宙幾秋風悠悠復何嘆
蒼忙遺二老謹齋準軒俯仰近千秋松柏摧高岡鳳麟隱
滄洲吾道遠如許斯人安可求當年西門路感涕吟
山邸別我於韓門忝與李漢儔遺文念當序舉筆心

先愁歲寒賴有公名節好以修願言愛體素一柱廻
狂流天倫豈不傷天運亘悠悠

西風吹梧桐一葉墮寒玉飄飄轉千匡疊疊侵萬木
霜露行復降雪霰飛相逐幽居感時運清夜理商曲
堅冰信當辨昊天有反覆但使本根在陽回奚待祝
詞人嫪光景纖豔不足錄焚香對秋山自取周易讀

此張希良青齋去祖壠百步扁曰望松取后山
思亭記中語也

老根憐蒼龍芳粒長新穉曉言丘中人苓珀共千歲
晨瞻露華明夕眺烟影翠捫軀發深感矯首落孤淚

思亭有名言世守宜勿替

溪上桑葉蠶食已既今年蠶事頗落寞

沿溪十畝桑綠葉敷且腴朝採不盈筐暮視唯空株
乃知飛蠶來竊食無復餘汝飢既云去原作饜蠶飢當去
何如豈挾照書勞我困正在書喫衣謗所笑見東坡志林
思炙計復虛僮奴日捕拾囊獻如囚拘塵編眊難覩
乾死氣亦紓政爾可得盡一笑清霜初清霜幾時來
我亦寒無襦及時且封漑勗哉爲後圖

庚寅秋病得語不復詮次名曰感懷

炎夏忽已變西風飄然秋親友日已遠坐感歲月遒

登高明不見涕泗滂沱流天高雁未來日落空悠悠
願爲西北雲萬里從之遊
祖龍制入極法令如亂麻儒冠委秋山王餤明朝霞
所以武陵人入山種桃花如何東陵侯苟此旦莫華
堂堂炎漢叟邦種青門瓜舒卷迷大運千古爲悲嗟

連雨鬱蒸夜不能寐

閉門十日雨簷溜如泉聲沈陰晦蘭爐潤氣蒸桃笙
饞蚤既跋扈饕蚊復縱橫展轉強就寐草塘蛙亂鳴
亦知夜漏促安得曙色明晨鐘度深竹雲岫開新晴
隱几補前夢暫喜身境清聒耳蟬嘒嘒沿睫蠅營營

所謦輙如此吾生安得寍慼嘆還失笑此物方施行天運如循環轉眼秋風生

山中覩穫

歸馬起暝爨微燈耿深竹農翁具雞黍要我林下宿共談隴畝事未語眉已蹙邑胥邇來稀每漲卷平陸山中復小旱一雨僅半熟舉酒屬乃翁微笑以勝哭湖鄉爾何知瀰漫正吞屋且共盡此觴人苦不知足

忠烈侯酷好山水作葬書以行于世元翁其族子傳其書侍父仕贛上盡得楊氏術陰陽家見之輙屈膝余聞其論洒洒然起忘倦矣夫旣謂

之地理理非儒不精元翁儒者精於理固宜爲

賦彭大雅號太極翁封忠烈英衛侯

英英太極翁器明吳楚甲馳輅使沙漠杖越帥巴峽南瞻嶺表縮東睨溟漲狹林居念環轍簡脫卑藏筴夫君玉樹彥同祖寶劍匣寶劍出匣彭氏祖墓六籍旣淹通異聞更博洽姬公卜宅洛成后鼎定郟理也匪荒唐古吒遺檢柙支分景純書嫡出楊氏法蒼蒼鬱孤臺仙枝竹林插芳春適游衍千金日娛狎厚坤行萬龍立特飛亥夾幽幽何綿綿意脉能擢掐神文遂爾授玄鎬了然胠俗師守槖囊羣喙閙梟鴨青霄孤鶴唳未

吐氣先壓蹇予少狂走黃塵滿烏帢山川子長筆天地佁倫錘棊邱可以老白石盟願歃祝君昌茲術四海救貧乏

山中夜起月色皎然

倦寐不知夜開門風露深明河掛屋角月出東山岑雙犢卧嚙草滿地梧桐陰蔌蔌墮落葉翻翻動栖禽浮生諒餘幾兩鬢黃塵侵偶此値清賞泠然得初心幽隱良足尙吾盟在雲林

晚晴欲適西村不果

雨歇無餘春草木忽而長東風吹曠野千里綠莽莽

夕陽澹微明命策赴幽賞徘徊石上坐鬱鬱念疇曩子規叫重雲意散不復往

學圃

西園藝我麻南園樹我桑東風吹時雨青青久成行春服朝猶賒大布冬可裳十年湖海役塵暗貂裘黃曾無一事成祇取三逕荒何如老農圃卒歲心不忙隣翁取余喜笑語傾壺漿擇術子已卜守之愼勿忘

三月二十九日還家花事已過獨碧桃盛開

出門紅未芳還家綠成幄仙葩獨婉婉書聲共寥落日暮碧雲合天寒翠袖薄念遠悵悠悠緜山緲孤鶴

九日和陶

開門見秋山忻然如故交烟雲淡相媚卉木青未彫
兹遊忽自念誰與爲登高目涉已千仞神遊還九霄
世短奚足嘆意多亦徒勞奈何怨遲暮况復懷覆蕉
至樂豈必酒天眞自陶陶長吟對寒花萬期猶一朝

春雪

青神怯春寒頳紫染未辦臨河來素女剪冰作花瓣
銀屏移佛地玉樓墜仙漢朽株綴瓊瑶剗氎化圭瓚
東風翻覆手轉眼忽吹散乃知太空中何物當把玩
開門見青山且喜還舊觀

我有綠綺琴

我有綠綺琴寶匣生蛛絲拂拭聊一鼓意淡音愈微
隱几忽自笑持兹將付誰所以絶絃者痛惜無鍾期
吾人天與遊豈在知音知惆悵簫韶遠不見鳳來儀
后夔不並世已矣奚所悲

贈初心相士

王識九江黥侯許平陽奴臭奇恆互出冠屨奄相踰
此說偶奇驗人人生妄圖曷不返吾照湛然覩本初
天地付我形森列萬理俱形拘有枯菀理充無智愚
塗人可以禹爲善卽舜徒奈何遺此心象此尺寸膚

君顧唐擧術乃取荀卿書論心不論形名象足敵余
宇宙共一軌紛紛落迷塗願言述吾語一呼旋其車

泊三江口

潮寒聞雁聲埜霽見虎跡眼中無故人莽莽欲誰適
當年此防秋築壘如鐵壁哀哉不崇朝遽此陵谷易
土道蝕殘磚沙草埋折戟林墟稍亦集農畝猶未闢
人心嗜新樂疇復念曩昔亭亭千尺塔獨立蒼烟碧
稽首塔中仙此心如鐵石

泊雷江口

解纜風雨息傍晚復大吼浪如雪山來船作騎馬走

魚龍欲作勢問予驚怖否那知狂書生有膽大如斗
莊周論天地我見僅如缶可憐一勺多浩蕩夸已有
大方付一笑河伯亦俛首天開鏡面平蕩槳泊江口
新月照舡牕烹魚釃我酒

虎溪三笑圖

陰壁摻苦竹秋池淡芙蓉二老廬山間風味夙昔同
亦有栗里人心事黃花叢囊中無一錢眼底四海空
羲皇未渠愜上與無懷通眾羽集新條雲霄一冥鴻
淨社亦可入念爾名教宗搏攜疑作酒空勤渠攢眉一
聲鐘蒼苔片石在醉卧空山冲良辰入奇懷杖屨閒

相從偶然出岫雲條雨風飄蓬虎溪有嚴禁詎敢待
此翁行行不知遠大笑分西東風流一時散千載留
高踪溪光與山色隱隱尙笑容笑意果何如畫史安
能窮按圖付一嘿翳景生長松

避署招眞觀聽琴

驅車畏火傘投扇倦風箑起行青松徑往就白雲榻
窈窕一壑深蒼苔兩崖夾古苑猫爪齒白龍老鱗甲
竹樹擁青摻花草靄叢雜瀏沫灑空巖冷颼下危峽
始知忘解帶久坐思御袷丹邱逢羽人瑤琴開寶匣
古意鬱蒼茫秋風淡蕭颯悲蟬爲噫吟鳴鶴相和答

歲華坐晼晚塵路嗟隘狹蜚仙倘來歸遺我度世法

芳洲集卷二終

芳洲集卷三　　鄱陽五家三

鄱陽黎廷瑞著　　史簡編

七言古風

南北舟

東流滔滔江似箭南舡掛帆北舡羨陰雲黯黮天色變北舡搥鼓南舡怨焚香釀酒爭祝願一望風長一斷轉世間萬事無兩便龍伯應酬毋乃倦龍伯應酬如已倦祇遺澄江淨如練

三陶

清言灑灑南華玄淨社濟濟東林禪一陶運甓不揮

塵一陶採菊不種蓮愛惜分陰樹志業盤礴千載希
聖賢吾評東晉人物藪惟有二陶眞卓然

飲芝山分韻得草字

漠漠輕陰送幽討梅柳之間春正好萬古燒痕青未
了一片湖光白如掃永懷雨露涵三秀頗恨風塵遮
五老松根嘯咏欲忘歸可惜長瓶卧芳草

探梅

山中歲晚甘恬澹花史時時閱校勘天街未省薇藥
貴塵世頗嫌桃李濫南枝相見眼獨明東風久要交
非暫長意孤山訪突兀經度平湖浮碧紺暗香疏影

夜濛濛半樹橫枝春淡淡琥珀濃傾酒拍舡珠璣亂
唾詩成擔畫角吹寒淒別語青衣天晚生孤憾

偕仲退周南翁登曲島山分韻得曲字

吳子精悍錦滿腹周郎英妙人如玉凌晨樽酒惜分
携飛鞚聯翩相趁逐積雨新晴馬氣驕振鬣長鳴踏
平陸村南村北楓葉赤高田低田麥苗綠坡陀磊落
如培塿一島軒然立於獨平生夢寐千仞岡第取愜
心那計足迢迢鳥道入青天杳杳鐘聲出喬木遙觀
疑雪復疑石稍動如知樵與牧傳聞隋代高隱君避
世曾茲結茅屋李菀楊枯了不聞坐擁玉書林下讀

靈君冠劍從飛龍雲雨蒼茫手翻覆瓢中但出是豐年何惜穿厓懸一瀑旱歲祈雨多驗然山無泉常汲水山下罷虫自得飡松訣一掃四山寒翠禿天根突兀有孤梅道氣昂藏自修竹回看下界暗黃塵蟻垤蜂房幾陵谷山空鳥啼塵慮絕天寒日暮歸心速會當擺落悠悠談入極神遊縱吾目玉井蓮花十丈開瑶池桃子千年熟廓然天地覩方圓豈但山川見紆曲已呼鸞凰作先導歲晚期君兩黃鵠

甲午孟夏祝公輔道過山中遂偕如上饒赴孟史君之約至萬村阻水卧樓上共談己丑同舟

雁汊遇風之苦明日水退途中得長句呈公輔

南山有田不歸種大瓠濩落無所用遂令沉沉走長江萬里艱危憶君共嘗疑公佩延平劒公輔延平人引得九淵龍子鬨雁汊渡頭鼉北風眞是脫身入鮓甕當時意氣盃溟渤笑殺篙師窮欲慟千金之子不垂堂默坐沉思還自痛歸來結屋萬山中手植桃花欲成洞敲門者誰吾故人色筆熒熒如彩鳳連宵劇談山月落一浣胸中塵土空忻然共驚赴幽期滿路薰風入吟諷萬村孤館明且潔浴罷桃笙玉壺涼神君謁帝愁書熱夜半騎鯨不施鞚偷決銀河灌火輪立化

陰機神鰲弄小溪如綫不自容更奈亂流趍者衆劃爾掀波似轉雷居然入室如流汞須臾便恐化桑田咫尺還憂沒茅棟絶憐榻上閙蛙黽安得天邊明蝃蝀午樓欹枕聽濤聲喚醒六年淮海夢青山淡淡坐神馳白鷺悠悠空目送明朝水退得新晴兩鳥故應天所縱乃知處險自有道一靜可以該百動横石剫橋沙逕曲蒼籐翠木烟霏重小車穿壁我徐行瘦蹇涉流君自控狂遊滿眼驚俗輩疲役回頭慚僕從倩誰寫作山行圖持似衡湖作清供孟侯號衡湖居士

有邀余遊中原者余以親老辭王子賢未知來

餞別并示所和陳君人生貴適意五詩敬次韻

奉謝今錄二首

有客六轡濡且均要我共看中都春孔林喬木故無恙首陽高風應未泯亦知江山不負我政恐風塵能涴人故友貽書復相過但祝自愛千金身

飛電欻然度天隙百歲能堪幾行役遊子來歸意恐遲大人幸在何辭白風濤念爾去何之日暮憐渠行故逆世間步步是危機綿上可耕聊自適

贈姜卜隱

君家鼻祖磻溪釣何人爲卜非熊兆君是磻溪幾代

孫無人卜君君卜人自言避世歸人境焚香下簾清晝永豈無龍韜老渭濱英雄自惜多沉淪倘有獵者從君卜但說後車富狐兎

丙申上元喜晴孤坐懷舊二十韻

少年意氣凌嵩華尙記京城逢午夜璧月瓊枝彩鳳飛銀花鐵鎖金鰲跨樓臺上下沸笙韶巷陌東西暗蘭麝樗蒲百萬不供擲美酒十千寧論價狂遊但恐星河曙醉卧不知風露下悠悠人世半悲歡忽忽天時更代謝蟻國驚心城郭非蜃樓轉眼風雲化微身幸爾脫干戈暮年聊此依桑柘每當佳節强逢迎忽

思往事還驚咤新年半月雨不止此夕一晴天所借草市鼕鼕村鼓鬧竹簷爛爛華燈掛顛狂社舞喧戲劇落魄儒冠寄嘲罵亦知隨俗多浮薄尙喜疲吒少閒暇先生清坐懶出門諸少並遊唯守舍雖無畫燭千炬闌猶有殘梅一枝亞孤燈隱隱耿相照疏影離離淡如畫剗爾喧風撲短檠炯然霽月明虛榭百念無營冷似灰一關有味甘如蔗已拚暮境漁樵侶獨憶平生詩酒社白雲靄靄隔江山可惜無人談舊話

烏沙夜阻風

黃沙滿江日色薄北風吹天雲欲落魚龍賈勇氣淩

人八月海風無此惡書生性命可輕試挐舟早傍沙灣泊差（原作崖）我萬里下水舡趂鼓張帆無奈槳篙師瘦坐攢兩眉羨彼何速嗟我遲玄冥行權故應爾速何足喜遲何悲一年三百六十日須有一日順風時乘流遇坎姑聽之濤山雪屋方堪詩

春鉏行

有鳥有鳥鳴春鉏雪衣楚楚清且癯茫然跂立奚所須蹄涔之中何遊魚遊魚所得能幾何鸕鶿同儔失已多若非區區營一飽如此風標豈不好

彭蠡阻風

立雲如疊沙如箭陽侯擊鼓飛廉扇穹黿帶甲魚負劍萬怪騰空助龍戰盧君玉立金芙蓉笑我塊坐如樊籠了劫不來此山中與子跨鶴蓬萊宮江流茫茫去不息嗟我棹往何終極盧君如願倘可乞但覓金丹生羽翼

壬戌正旦日蝕值陰有詩明日雨微雪再賦

豔娥孀妖悖且饕雲師亂之騎屑遭飛廉喑嗚挾箭號萬鼓動地助戰麋吳剛棄斧北且逃扶桑君還騎巨鰲銀蜍腹聚流清膏玉兎頹折飛白毛蒼茫殺氣橫四郊凍鳥無語飢鴻噭紫皇第功封二豪汝馬可

歸弓可稟黃道肅穆君請邀黠首顒顒光匆輴願駕
丹轂揚錦旄湊驅六龍井海濤五色爛爛中天高衣
披水子絳錦袍葵心不寍憂忉忉矯首東方歌楚騷
朱可紹去秋許櫻鞁明年夏當見寄今及期矣

輒以詩請

寥陽宮殿老夜叉九頭獹獹髮鬖鬖朝暮拔本不滿
數譎守鳳山山下花（鳳山可紹先公穆陵王倘書堂）忽生蟻虱若魚
子秋風透頂櫛復爬夫君豈粥居士屬履聲漢代尚
書家不嫌汝髮污我趾結鞋遠勝蕭與麻煌煌火輪
照萬野恨不赤腳踏雪車世間襱襪獨何事黃塵沒

骻汗透韡老夫兩鬢亦蕭颯謝去相疑作桐帽便烏紗原作沙願言得此稱輕爽宿諾今已期及瓜誓當布襪從此始上下雲門還若耶

聽山中談虎賦二章

雙坡山有農民陳其姓自言采樵日晚逢虎於衢相去無百步虎危坐時掉尾逃之不可遂再拜祈命虎熟視徑去又常年稻熟時野彘千百爲羣所至一空虎至則彘去然不無食人犬豕也

樵夫下山日將暮忽逢餓虎在中路目光如炬齒如霜舉頭爲城腹爲墓偷生無計就死難再拜祈哀號

且訴我貧且老孤無兒瘦骨幾何君勿悏垂頭兀坐
欲有問欻爾翻身入雲霧君不見悍吏捉人吮甘膏
千拜萬拜不可逃
東村西村稼如雲欲穫未穫黃紛紛鼠牙雀喙不可
算奈此野彘千百羣田頭結舍坐霜夜敲犁擊杵聲
相聞五更一刻少困怠終歲舉室空辛勤近日南山
老虎至野彘畏之俱遠避遂令一枕得安眠犬豕時
時亦遭噬嗚呼犬豕所噬能幾何野彘不去爲害多

松風

流水渡澗秋泠泠怒濤拍天風雨驚鸞鏘鶴唳翻青

冥龍吟虎嘯愁太陰蓮山遍野流空明飄飄音樂張洞庭彈璈原作鼇鼓簧吹雪笙拊石擊磬作天鈞忽然昭夕不鼓琴幽幽又作吟風箏問童何如睡不應起覗月落天河傾乃知虛皇集萬靈風伯起舞蒼穹伶世間鄭衛聊足聽久笑無原作舞此蓬萊音傳疑作禪伯拔養不可禁篝燈起誦離騷經

贈王秀翁

君挾青囊枕中寶別我去行千里道淮南小山訪松桂湘江極浦尋芳草倏王有種從何來富貴在天非可禱倘遊海上遇安期歸來遺我如瓜棗

鐵笛行贈丁雲屋

斗牛之墟有伏龍寶氣夜起天爲虹雷公往矣不再逢潭底高卧吟秋風忽羞珠宮薄且闕返形化作紅爐雪背負七星雷吐舌五色石墮天驚裂何人携此過武亭眞仙東遊弭節聽知音千載空翠弄猿啼鬼哭烟冥冥華表雲深鶴一隻渺渺孤吟空八極左呼廬阜老仙客右呼西風古禪伯江上暮雲寒蕭蕭梅花未動飄葉凋紅鳳凰飛翠霄好去瑶臺吹玉簫

上奚宣慰冰壑

書生於世無所用歲晚東陵瓜自種幾度騎驢欲出

門青松遶舍雲扃洞枕書高卧綠陰中何許清風驚午夢始知絳節下丹霄左驂麒麟右鸞鳳行行原隰廣谷詢歷歷閭閻摩疾痛懸厓絶壁冰照壑白晝青山雷欲湅神姦畏景那敢見肯綮逢刀無不中范滂太守使令懾楊綰入相朝野須每繙圖史想斯人常恨寥寥千載空水見黄河山泰華不識歐陽當自訟振衣扶策候轅門秋意欣然云走送願調梅鼎作商霖老我荒園日抱甕

長短句

喙木辭

木欝欝兮有蠹生之穴冥冥兮木竅以委皇賚干鴷兮厥服孔儀往伺于木兮爾喙爾夷朝于木夔兮莫于木枝蠹宿于根兮而鴷不知夏將噎兮其何以支

久旱得雨連陰彌旬農者云復宜得數日晴作

二龍行

赤龍推車出暘谷欲將燭光燒却珊瑚屋墨龍奮怒起天池欲倒海水浸却扶桑枝黔黎代爲黑龍訴帝命赤龍且回馭已欣膏澤沃焦壥復畏連陰起寒霧地裂不補難望秋天漏不補亦可憂我願二龍行天各一日水火停齊萬寶畢

送鶴神　農夫相傳鶴神之屬三千若登天度歲則民有糧在地則否故作此以送之

玄裳兮縞衣紛爾乘兮遄歸嗟我甿兮苦復苦穀懸于天兮麥在土爾之族兮類且多蠶爾食兮如甿何甿之憂兮來年睞爾天爾田天崇崇兮有廩星之槩兮可飲樂莫樂兮爾還勿復來兮人間

飲酒樂

羊祜折臂爲三公英布之相黥而王富貴眞可愛體膚不敢傷劉安升天守都厠長房學道須食糞神仙誠可慕臭穢那可近駟馬高蓋未易求水銀黄金况

難信我亦不願承明盧我亦不願蓬萊山但願觳觫耕田間種秫釀作九霞丹秋風兩鬢不須綠日飲時可朱吾顔山花山鳥自歌舞醉聽松風牢掩關用世之士笑我拙出世之士憐我頑冕裳不著雖共簑笠老露霓易過安得歲月還那知我復笑爾還爾憐千秋之後高臺曲池在何處六鼇之側岱嶼員嶠俱深淵茲論猶曰茫昧然華亭鶴唳欲聽不可得單豹遇虎所養安得全惟有飲酒之樂不可言所以達士不與醒者傳

鵬飛操

朝吾發兮海溟夕吾抵兮天門鱗脫軀兮欲蛻翮之起兮如雲濤山湧兮雪浪駕天風兮浩蕩霓掩映兮霞蒸倏橫飛兮徑上龍艘余兮鳳來迎帝下觀兮環珮鳴逍遙遊兮旣極澹河漢兮無聲河漢無聲兮有意誰知之兮漆園吏桐之孫兮吏之魂吏不語兮孫能言忘言兮且止極吾思兮隱几春風菲菲兮杏壇花春服翩翩兮沂水涯聊徜徉兮稅駕奚必之兮南華

精衛行

微禽負大恥勁氣橫紫冥口啣海山石意欲無蒼溟

蒼溟茫茫雲正黑濤山峩峩護龍國假令借爾秦皇鞭驅令石頭塡不得布囊盛土塞江流孫郎覽表笑不休勞形區區讎浩渺志雖可尚難乎酬蓬萊有人憐爾苦勸爾休休早歸去精衛精衛我亦勸汝歸滄海自有變作桑田時

泊淮岸夜聞鬼語

北風行平林蘆葉響乾雨青燐走平沙獨夜鬼相語沉吟乍幽咽怨哭倍酸楚遺臠烏鳶飽滯魄狐兎伍白骨委飛霜零落從草莽草死東風吹復生骨枯東風吹不榮汝悲信悲不足詰吾欲詰爾爾試聽君不

見劉項割鴻溝又不見孫曹戰赤壁回頭萬事兜雲空石馬荒荒土花碧世間倘有長生藥薊子白雲丁令鶴霸城相見悲銅狄華表歸來嘆城郭汝不見與衰又不憂寒與飢濠上之叟不汝欺汝有至樂爾不知嗚呼人生何苦爾何樂人生羨爾不可學

禽言四首 戊子作

布穀布穀十家九家逃亡尾去冬屯田買牛到黃犢今春軍需剝皮共食肉無牛可耕休論飯秋糧要米從何辦布穀布穀奈爾何江南漸少淮南多

不如歸去歸去故鄉不是無耕處爾獨胡爲在中路

子規子規爾不自勸何用勸我爲我懷我室更欲歸
爾歸漂摇何所依
麥飯熟快活半年忍飢待此麥問汝快活能幾時更
有五月六月飢亦所不辭且願休王師
提壺蘆沽美酒烹肥羜剪新韭琵琶胡姬玉纖手清
歌嫋嫋鶯囀柳尊前勸我千萬壽君不見東家逃亡
西家走惟我臺上集親友明日得似今日否酒盡無
盡再沽喚僕夫提壺蘆

贈古泉相士

土階章韶風日美巢父不聽却洗澗中水象犀滿山

珠寨淵棄不之顧但酌嶺外泉鳴呼千丈之渾泥數斗一滴清泠空宇宙古人今人同此耳與口古泉眼中見有相似二君不我亦有耳但願聽松風有口只飲酒

禽言

朝看花滿枝暮見花辭樹東風翻覆手驟開驟落無憑據不如歸去不如歸去

萬疊青山白雲何處行不得哥哥冥冥高飛憂網羅熒熒孤往虞干戈江湖蛟鼉攫山谷虎狼多行不得哥哥哥不信時哥但去知到前頭無去處

題孫方叔石泉亭

君不見山上石可以揩明堂而柱宣室又不見石上泉可以蘇大旱而致豐年君隱非山隱於市安有萬丈蒼崖千丈水自言掇拾累巉巖更復停瀦清引泚朝霏淡淡苔蘚生暮雨瀟瀟蛙黽喜飧松啖柏吾齒可以礪譽堯非桀吾耳可以洗君家鼻祖子荊子千年家法應如此一邱一壑眞自足坐守風烟終局促欲友子駕兩黃鵠香爐峯頭看瀑布

贈堪輿家楊生

楊子逐貧不去楊仙救貧便富始知方技可發身不

信儒冠眞誤人生出楊枝枝幾葉青囊世世能傳業
祇今四海貧士多我救無術可奈何蒼梧雲去天亦
老會稽穴沒生秋草但願沉冥了歲年江南何地出
酒泉

送方此山歸盤中

渴不飮盜泉水熱不栖惡木陰飛蚊營營蚋漫漫掇
拾餘醞搜殘斟祝融老子亦忘劇于君大是相知音
娭娭炎埃埸遺以清風林蒼藤老樹覆林磵芸夫綸
叟時相尋太虛茫茫納宇宙雲來雲去初何心送君
盤中居且作盤中吟雙溪渡頭一笑去落日孤舟秋

水深

補遺

清溪許希賢自號拙逸絶之四

莫笑區區老漢陰桔槔省力却勞心甕頭別有天機
在春雨半畦新綠深

次韻張龍使君十絶今録三首

冷冷流水山園洞漠漠桃花春閉門蛇去馬來多少
夢桃源還是舊乾坤

雨餘秧馬各相先綠滿平疇斷復連喜得人間機事
息桔槔閒在槿籬邊

塵裏一籠天地窄，樓頭萬幅水雲寬。何當化作千年鶴，却伴遼東管幼安。

端午東湖觀競渡二首錄其二

記得當年年少時，蘭湯浴罷試新衣。三三五五垂楊底，守定龍舟看不歸。

贈山翁

浮雲欝欝成蒼狗，黄鵠高高化白梟。惟有大程窺此妙，不將算法問堯夫。杜詩云黄鵠立于五尺童化爲白梟似老翁

詩餘

題項羽廟大江東去

鮑魚腥斷楚將軍鞭虎驅龍而起空費咸陽三月火
鑄就金刀神器垓下兵稀陰陵道隘月黑雲如壘楚
歌鬨發山川都姓劉矣　悲泣呼醒虞姬和伊死別
雪刃飛花髓霸業休休騅不逝英氣烏江流水古廟
頹垣斜陽老樹遺恨鴉聲裏興亡休問高陵秋草空
翠

蝶戀花　元旦

蜜炬瑤霞光顫酒翠柏紅椒細剪青絲韭且勸金樽
千萬壽年時芳夢休回首　小雨輕風寒滿袖下邽
簾兒莫遣梅花瘦萬點鵝黃春色透玉簫吹上江南

柳

金陵懷古 八聲甘州

恨巨靈多事鑿長江銷沉幾英雄恨烏江亭長天機輕洩說與重瞳更恨南陽畊叟攙掇紫髯翁一彈金陵土戰虎爭龍　杯酒鳳凰臺上對石城流水鍾阜諸峯問六朝陵闕何處是遺蹤後庭花更無留響渺春潮殘照笛聲中悲歡夢蕪城楊柳幾度春風

金陵雪後西望 水龍吟

不知玄武湖中一瓢春水何人借裁冰剪雨等閒占斷桃花春社古阜花城玉龍鹽虎夕陽圖畫是東風

吹就明朝吹散又還是東風也　回首當時光景渺秦淮綠波東下滔滔江水依依山色悠悠物化璧月瓊花世間消得幾多朝夜笑烏衣不管春寒只管說興亡話

烏衣園子　南鄉

醉罷黑瑤池渺渺春雲海嶠歸畫棟珠簾成昨夢誰知百姓人家幾度非　相對語斜暉腸斷江城柳絮飛再見王郎應不認堪悲也被緇塵染素衣

舒州樂　清平

秋懷騷屑卧聽蕭蕭葉四壁寒蛩吟不歇舊恨新愁

都說　疎疎雨打栖鴉月痕猶在牕紗一夜西風能緊明朝瘦也黃花

惜別　浪淘沙

別易見時難萬水千山參商煙樹暮雲間料想鳳凰城裏夢夜夜歸鞍　楊柳小樓閒倚遍闌干東風剪剪雨珊珊落盡桃花無可落只管春寒

送別　浣溪沙

一曲離愁淺黛顰雲帆渺渺下煙津山長水遠客愁新　柳絮低迷千里夢桃花蕩漾一江春小樓疎雨可憐人

閨怨 祝英臺近

綵雲空香雨霽一夢千年事碧幌如煙却扇試新睡恁時楊柳闌干芙蓉池館還只似如今天氣 遠山翠空相思淡掃修眉盈盈照秋水落日西風借問雁來未只愁雁到來時又無消息只落得一番憔悴

寄奥屯竹庵察副留金陵約遊揚州不果 水調歌

腰纏十萬貫騎鶴上揚州詩翁那得有此天地一扁舟二十四番風信二十四橋風景正好及春遊掛席欲東下烟雨暗層樓 紫綺冠綠玉杖黑貂裘滄波萬里浩蕩踪跡寄浮鷗想殺南臺御史笑殺南州孺

予何事此淹留遠思渺無極日夜大江流

賦竹樽 滿江紅

千畝君封新移就美泉天祿形製古柳樽嫌窄瓠壺嫌俗愛酒步兵緣業重平生所願何時足再來生竟墮此林中充其腹 秋入洞鑑金筑春出戶跳珠玉想宜城九醖葉光凝綠驢背夕陽同倒載醉鄉只在篔簹谷問東坡何獨飲松醪還思肉

乙未中秋後二日園莊見心李思宣飲百花洲上待月魯公亭呼月礀禪師不應放棹東湖夜色皎然見心用龍州少年游韻賦詞因次韻

回棹百花洲迢迢碧玉流聽笛聲何處高樓如此江山無此客雖有酒奈何秋　呼月出雲頭問渠能飲不笑人間元自無愁可惜月翁呼不出呼得出載同遊

送春 朝中措

游絲千萬暖風柔只繫得春愁恨殺啼鶯勾引孤他燕語攀留　縱然留住香紅吹盡春也堪羞去去不堪回首斜陽一點西樓

寓城思歸竹庵留行賦呈 眼兒媚

暖雲挾雨洗香埃剗地峭寒催燕兒知否鶯兒知否

斷勾春回　小樓日日重簾捲應是把人猜杏花如許桃花如許不見歸來

濡溪悼舊　訴衷情

曲屏深院赴幽期心事夢雲知佩環零亂何處江上草離離　日平西天似幕月如眉依稀還記兩岸楊花送上船時

落星寺　賀新郎

帆影斜陽裏與蘆花分風飛過落星遺此瓦老苔荒鐘鼓陋斑荊殘碑無幾想此處閱人多矣天上白榆猶落去況人間一瞬浮花蕋問五老笑而已　仙翁

當日曾揮塵拍闌干浩歌音響振魚龍耳九十餘年無人問遺韻半江烟水慨宇宙風濤如許安得六丁移此石去橫身作箇中流砥長唱罷冥鴻起

泛大江 青玉案

巨舟雙艣鳴鵝鸛千萬頃玻瓈面宇宙浮萍堪永嘆黃唐開闢秦隋爭戰不把江山換 蘆花新雪秋撩亂何處漁舟起孤笎一片古愁縈不斷平沙矮樹溪煙荒岸落日西風雁

題永平監前劉氏小樓 酹江月

遠山如簇對樓前濃抹淡粧新翠應是西湖湖上景

移過江南千里舊日春光重歸楊柳苒苒黃金縷市聲分付畫橋之外流水　最好登觀泥金危城帶粉文筆雙峯倚煙寺晚鐘漁浦笛都入王維畫裏欹枕方床凭欄往古世界浮萍耳湖天風緊白鷗欲下還起

呈譚龍山 大江東去

錦袍何處向舊江衰艸寒蘆蕭瑟瀛館神仙揮玉麈喚醒詩酒魂魄走電飛虹驚濤觸石舉目乾坤窄油然歸去短篷多載風月　好在雨外雲根水邊石上鷗鷺盟重結見說西湖湖上路香沁梅梢新雪駕白

麒麟鞭青鸞風次第孤山客吾今西嘯寄詩先與逋仙說

菊酒　一剪梅

小小黃花爾許愁楚事悠悠晉事悠悠荒蕪三徑渺中洲開幾番秋落幾番秋　不是孤芳萬古留殞亦堪羞采亦堪羞離騷賦罷酒新篘醒也風流醉也風流

九日登城　水龍吟

荒城落日西風滿街芳草無行路樓臺羽化螢飛故苑蛩吟殘礎不減承平半湖秋月隔溪煙樹慨江南

風景一朝如許教人恨王夷甫　對酒強排愁去酒醒來愁還如故青萍三尺陰符一卷土花塵蠹試問黃花花知余否沉吟無語拍闌干空羨平沙落雁滄波歸鷺

雨中春懷呈華軒　清平樂

清明寒食過了空相憶千里音書無處覓渺渺亂蕪搖碧　蒼天雨細風斜小樓燕子誰家只道春寒都盡一分猶在桐花

梅花十闋　秦樓月

雲根屋東風四壁花如玉花如玉水仙傷婉山礬傷

偕　高標懶趁時粧束一丘一壑便幽獨便幽獨商
山四皓首陽孤竹
羅浮暮青松林下相逢處相逢處縞衣素袂沉吟無
語　行雲飛入瑶臺路夢回飄渺香風度香風度參
横月落幾聲翠羽
蘂葉裏一枝冷浸銅瓶水銅瓶水飛英簇簇硯屏香
几　夜闌雪片敲牕帋半衾芳夢相料理相料理梨
花漠漠江南千里
春脈脈含章簷下粧宫額粧宫額也還點畫村烟茅
結　人間天上俱清絶風流太似東坡客東坡客玉

堂如玉雪堂如雪
紅苞折遝簷一笑風情別風情別廣平空道心腸如
鐵　灞橋更有狂吟客短鞭破帽貂裘窄貂裘窄瘦
驢卓耳一鞍風雪
春來了孤根矯樹花開早花開早水村山郭嫩紅青
曉　隴頭何處鱗鴻杳一枝欲寄行人少行人少大
江南岸北風低艸
齊山頂掃開殘雪簪花飲簪花飲樽前人唱暗香疎
影　枝南枝北迢迢恨春風舊夢難重省難重省小
窗斜月薄醒殘醒

花孤冷海棠聘與花應肯花應肯海棠只是無香堪
恨　香無那有仙風韻能爭幾日芳期近芳期近東
風何事不留花等
醮人眼一枝玉雪疎籬晚疎籬晚精神曠逸風姿凝
遠　幽香零亂無人管依依春恨天涯滿天涯滿霜
城戍角月樓羌管
幽香歌玉龍吹徹花如雪花如雲小橋流水不勝愁
絶　横梢剪入生綃墨翠陰青子盈盈結盈盈結淡
煙微雨江南三月

芳洲集卷三終

金陵全書

丁編·文獻類

天籟詞　（元）白樸 著

唐明皇秋夜梧桐雨　（元）白樸 撰

裴少俊墻頭馬上　（元）白樸 撰

董秀英花月東墻記　（元）白樸 撰

南京出版社
南京出版傳媒集團

提要

《天籟詞》一卷附録一卷，白樸著。

《唐明皇秋夜梧桐雨》一卷，白樸撰。

《裴少俊墻頭馬上》一卷，白樸撰。

《董秀英花月東墻記》一卷，白樸撰。

白樸（一二二六—一三一二後），本名恒，字仁甫，又字太素，後改名樸，號蘭谷先生。祖籍隩州（今山西河曲），生於汴京（今河南開封）。其父白華爲金朝樞密院判官。金亡時，白朴與父母離散，由父親好友元好問撫養成人，先是流寓山東聊城一帶，後遷居真定（今河北正定）。元統一後，定居金陵（今江蘇南京）。受改朝换代及戰亂間失去親人的影響，白樸無意仕進，多次謝絕薦舉，縱情山水，詩酒自娱，以詞曲名於世，與關漢卿、馬致遠、鄭光祖並稱『元曲四大家』。其事迹詳見《録鬼簿》《白氏宗譜》及王博文《白蘭谷詞集序》等。

白樸寫有詞作二百多首，今僅存其半。白樸所作雜劇今所知有十六種，全本存世者有《唐明皇秋夜梧桐雨》《裴少俊墻頭馬上》《董秀英花月東墻記》三種，《韓翠屏御水流紅葉》《李克用箭射雙雕》兩種則僅存殘曲，此外白樸還寫過散曲小令三十七首，套數四套。

《天籟詞》

《天籟詞》，或作《天籟集》，爲白樸詞集，收録其詞作一百餘首。以天籟爲名的緣由，白樸好友王博文在其《白蘭谷詞集序》中有明確的交代：『太素與予有三十之舊，亦汲會於江東。嘗與予言：「作詩不及唐人，未可輕言詩。平生留意於長短句，散失之餘，僅一百篇，顧吾子序之。」讀之數過，辭語遒嚴，情寄高遠，音節協和，輕重穩愜。凡當歌對酒，感事興懷，皆自肺腑流出，予因以天籟名之。』王博文在序言中不僅道出命名的緣由，還對白樸的詞作做了精當的概括和評價。白樸學識淵博，有多方面的創作才能，精於度曲，兼擅填詞，其詞深受元好問影響，內容較爲廣泛，或抒寫故國之思，或感歎身世，或吟詠山水，或流連風月，大多情感真摯，清新雋永，用典妥帖，自成一家，後人對白樸的詞作有很高的評價，如朱彝尊《天籟集跋》云：『蘭谷詞源出蘇、辛，而絕無叫囂之氣，自是名家。元人擅此者少，當與張蛻庵稱雙美，可與知音道也。』《四庫全書總目》亦云：『樸詞清雋婉逸，意愜韻諧，可與張炎玉田詞相匹，惟以制曲掩其詞名。』

《天籟詞》今存抄本和刻本，國家圖書館藏有兩種清抄本，一爲無名氏抄本，一爲趙一清小山堂抄本。上海圖書館亦藏有兩種清抄本，其一爲《四庫全書》底本，一爲勞權跋本。南京圖書館藏清抄本，有丁丙跋語。刻本則有清康熙三十九年（一七〇〇）楊希洛刊本、清道光三十年（一八五〇）張穆輯刊《陽泉山莊叢刊》本、清光緒十八年（一八九二）四印齋匯刻本、清光緒三十一年（一九〇五）吳氏石蓮庵匯刻《九金人集》本等。

《金陵全書》收録的《天籟詞》以南京圖書館藏帶有丁丙跋語的清抄本爲底本影印出版。

《唐明皇秋夜梧桐雨》

《唐明皇秋夜梧桐雨》據《舊唐書》《新唐書》及白居易詩作《長恨歌》

等創作而成，敷演唐明皇、楊貴妃愛情悲劇，借兩人生死别離故事抒發興亡之感。全劇四折，劇中人物心理刻畫細膩傳神，曲詞優美，富有感染力，在後世流傳較廣，對唐明皇、楊貴妃題材作品的創作有較大影響。

《唐明皇秋夜梧桐雨》有明臧懋循編《元曲選》本、明孟稱舜編《酹江集》本、明顧曲齋刊《古雜劇》本、明繼志齋刊《元明雜劇》本、明陳與郊編《古名家雜劇》本、明脈望館抄校《古今雜劇》本。

《金陵全書》收録的《唐明皇秋夜梧桐雨》以南京圖書館藏明萬曆刊陳與郊編《古名家雜劇》本爲底本影印出版。

《裴少俊墻頭馬上》

《裴少俊墻頭馬上》本事出白居易詩作《井底引銀瓶》，全劇四折，寫的是裴少俊、李千金之間的愛情故事，歌頌青年男女對愛情的忠貞，可見作者寬容、開明的思想，尤其對女主人公李千金的刻畫較爲成功。

《裴少俊墻頭馬上》有明臧懋循編《元曲選》本、明陳與郊編《古名家雜劇》本和明孟稱舜編《柳枝集》本。

《金陵全書》收録的《裴少俊墻頭馬上》以南京圖書館藏明萬曆刊陳與郊編《古名家雜劇》本爲底本影印出版。

《董秀英花月東墻記》

《董秀英花月東墻記》寫了馬文輔與董秀英之間的愛情故事，宋元南戲中亦有同名劇碼，可見這一故事在當時流傳頗廣。全劇五折，突破了雜劇的結構範式。作爲愛情題材，該劇對女主人公董秀英的刻畫也是成功的。

《董秀英花月東墻記》僅有明脈望館抄校《古今雜劇》本。

《金陵全書》收録的《董秀英花月東墻記》以南京圖書館藏明脈望館抄校《古今雜劇》本爲底本影印出版。

苗懷明

金陵全書

丁編·文獻類

天籟詞

（元）白樸 著

南京出版社

南京出版傳媒集團

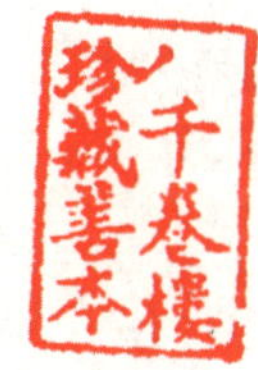

天籟詞二卷 舊鈔本

白樸蘭谷著

樸字仁甫又字太素蘭谷其號也真定人寓齋樞判仲子甫七歲遭壬辰之難明年京城變元遺山遂挈以北渡自是

不茹葷血問其故曰俟見吾親則如初嘗罹疫遺山抱持[illegible]六晝夜竟於臂上得汗而愈讀書[illegible]穎悟異常兒數年寓

齋北歸以詩謝遺山云顧我眞成喪家狗賴君曾護落巢兒矣仍父子卜築於滹陽律賦為[illegible]門之學平生留

意長短句散失之餘僅一百篇至元丁亥御史中丞王博文子勉序之孫大雅男安為並錄李道純陳霆並題詞其後

序乃洪武丁巳國學助教江陰孫大雅乃從樸之孫[illegible]溟得其詞而作也

白蘭谷詞集序

樂府始於漢著於唐盛於宋大槩以情致為主秦晁賀晏雖得其體然哇淫靡曼之聲勝東坡稼軒矯之以雄辭英氣天下之趣向始明近時元遺山每游戲於此掇古詩之精英備諸家之體製而以林下風度消融其膏粉之氣白樞判寓齋序云裕之法度最備誠為確論宜其獨步當代光前人而冠來者也元白為中州世契兩家子弟每舉長慶故事以詩文相往來太素即寓齋仲子於遺山為通家侄甫七歲遭壬辰之難寓齋以事遠適明年春京城變遺山遂挈以北渡自是不茹葷血人

問其故曰倏見吾親則如初嘗罹疫遺山晝夜抱持凡六日竟於臂上得汗而愈蓋視親子弟不啻過既讀書穎悟異常兒日親炙遺山謦欬談笑悉能默記數年寓齋北歸以詩謝遺山云顧我真成喪家狗賴君曾護落巢兒居無何父子卜築於滹陽律賦爲專門之學而太素有能聲號後進之翹楚者遺山每過之必問爲學次第常贈之詩曰元白通家舊諸郎獨汝賢未幾生長見聞學問博覽然自幼經喪亂倉皇失母便有山川滿目之歎逮宋亡恒鬱鬱不樂以故放浪形骸期於適意中統初開府史公將以所業力薦之於朝再三遜謝棲遲

衡門視榮利蔑如也太素與予三十之舊亦汲會於江東嘗與予言作詩不及唐人未可輕言詩平生留意於長短句散失之餘僅一百篇願吾子序之讀之數過辭語遒嚴情寄高遠音節協和輕重穩愜凡當歌對酒感事興懷皆自肺腑流出予因以天籟名之噫遺山之後樂府名家者何人殘膏賸馥化為神奇亦於太素集中見之矣然則繼遺山者不屬太素而奚屬哉知音者覽其所作然後知予言之不為過太素名樸舊字仁甫蘭谷其號云

至元丁亥春二月上休日正議大夫行御史臺中丞西

溪老人王博文子勉序

天籟詞卷上

白　樸蘭谷著

春從天上來

至元四年恭遇聖節真定總府請作壽詞

樞電光旋應九五飛龍大造登乾萬國冠帶一氣陶甄天眷自古雄燕喜光臨彌月香浮動太液秋蓮鳳樓前看金盤承露玉鼎霏煙　梨園太平妙選贊虎拜猊觴鷺序鵷聯九奏虞韶三呼嵩嶽何用海上求仙但巖廊高拱瓜瓞衍皇祚綿綿萬斯年快康衢擊壤同戴堯天

奪錦標

奪錦標曲不知始自何時世所傳者惟僧仲殊一篇而已予每浩歌尋繹音節因欲效顰恨未得佳趣耳庚辰卜居建康暇日訪古采陳后主張貴妃事以成素志按后主既脫景陽井之厄隋元帥府長史高熲竟就戮麗華於青溪後人哀之其地立小祠祠中塑二女郎次則孔貴嬪也今遺構荒涼廟貌亦不存矣感慨之餘作樂府青溪怨

霜水明秋霞天送晚畫出江南江北滿目山圍故國三閣餘香六朝陳蹟有庭花遺譜慘哀音令人嗟惜想當時天子無愁自古佳人難得　惆悵龍沉宮井石上啼

痕猶點臙脂紅濕去去天荒地老流水無情落花狼籍
恨青溪猶在渺重城烟波空碧對西風誰與招魂夢裏
行雲消息

又

得友人王仲常李文蔚書仲常名思廉仕元至翰林學士承旨

孤影長嗟憑高眺遠落日新亭西北幸有山河在眼風
景留人楚因何注儘紛華蝸角算都翰林泉閒適澹悠
悠流水行雲任我平生蹤跡　誰念江州司馬淪落天
涯青衫未免沾濕夢裏封龍舊隱經卷琴囊酒樽詩筆
對中天涼月且高歌徘徊今夕隴頭人應也相思萬里

天籟詞　卷之上　四

梅花消息

水調歌頭

詠月

銀蟾吸清露白兔擣玄霜青天萬古明月中有物蒼蒼想是臨風丹桂費盡斫雲玉斧秋蕋自芬芳印透一輪影吹下九天香　恠霜娥才二八減容光蛾眉几畫新樣晚鏡為誰粧見說開元天子曾到清虛仙府一曲聽霓裳何事便歸去空斷舞鸞腸

又

用前韻

明月復明月天宇淨新霜霜中養就白兔未覺玉容蒼照影來今往古圓缺陰晴幾度丹桂儼然芳遐想廣寒露誰得一枝香　恍瑤臺飛寶鏡散重光嫦娥久餌靈藥點出澹雲粧閒與風姨相聚不似天孫獨苦終日織仙裳脉脉望河鼓縈損幾柔腸

又

初至金陵諸公會飲因川壯州集咸陽懷古韻

蒼煙擁喬木粉雉倚寒空行人日暮回首指點舊離宮好在龍蟠虎踞試問石城鍾阜形勢為誰雄慷慨一樽酒南北幾衰翁　賦朝雲歌夜月醉春風新亭何苦流

涕興廢古今同朱雀橋邊野草白鷺洲邊江水遺恨幾時終喚起六朝夢山色有無中

又

諸公見賡前韻復自和數章戲呈

樓船萬艘下鍾阜一龍空臙脂石井猶在移出景陽宮花草吳時幽徑禾黍陳家古殿無復戍樓雄更道子山賦愁照白頭翁　記當年南北恨馬牛風降旛一片飛出難與向來同壁月瓊枝新恨結綺臨春好夢畢竟有時終莫唱後庭曲聲在淚痕中

又

擬游茅山贈心遠提點

三峰足雲氣萬壑散秋聲茅君曾此成道山與地俱靈遥望蒼松紫檜疑是烟幢霧葢冉冉下青冥鸞鶴故山旁香火歲時情　洞天開丹竈冷有遺經華陽自古招隱飛鍊得長生慚愧山中宰相便許綸巾鶴氅相對聽吹笙何處滄浪水吾亦濯塵纓

又

冬至同行臺王子勉中丞韓君美侍御霍清夫治書登周處讀書臺過古鹿苑寺

踈雲黯霧樹秋潦淨寒潭徘徊子隱臺下不見舊書龕

鹿苑空餘蕭寺蟒穴誰傳郗氏聊此問瞿曇千古得欺
妄一笑莫萬窮探　俯秦淮山倒影浴層巒六朝城郭如
故江北到江南三十六陂春山二十四橋明月好景入
清談未醉更呼酒欲去且停驂

又

丙戌夏四月八日夜夢有人以三元秘秋水五言
謂予語三元之義曰上中下也恍惚玩味可作水
調歌頭首句恨秘字之義未詳後從相國史公歡
游如平生俾賦樂章因道此句但不知秘字何義
感南唐故宮就檃括后主詞

何義下接入下章皆
秘即封也句

感南唐二首當
列於後

南郊舊壇在北渡昔人空殘陽澹澹無語零落故王宮前日雕欄玉砌今日遺臺老樹尚想霸圖雄誰為埋金地（一作誰謂埋蛇地）都屬賣柴翁　慨悲歌懷古國又東風不堪往事多少回首夢魂同借到春花秋月幾換朱顏綠鬢荏苒歲華終莫上小樓上愁滿月明中

又

前題

花朝幾回謝春草幾回空人生何苦奔競勘破大槐宮不入麒麟畫裏却喜鱸魚江上一宅了揚雄且飲建業水莫羨富家翁　玩青山歌赤壁想高風兩翁今在何

許喚起一樽同繫住天邊白日抱得山間明月我亦遂長終何必翳鸞鳳游戲太虛中

又

咸陽懷古復用前韻

鞭石下滄海海內漸成空君王日夜為樂高枕望夷宮方嘆東門逐兔又慨中原失鹿草昧起羣雄不待素靈哭已識斬蛇翁　笑重瞳徒叱咤凜生風阿房三月焦土有罪與秦同秦固亡人六國楚復絕秦三世萬世果誰終我欲問天道政在不言中

公曰秘卽封也甫一韻而寤後三日成之以識其

義

三元秘秋水口口口口天人點破消息夢裏悟南華河伯徒誇秋水口口口口歸毫末一笑井中蛙試問漆園吏誰是大方家　口黃鍾推甲子定無差悠悠天理人事風外萬飛沙且弄空山明月自薦寒泉秋菊睡起漱朝霞更欲辨齊物銀海眩生花

又

予既賦前篇一日舉似京口郭義山義山曰此詞固佳且詳夢中所得之句元者應謂水府今止詠甲子及秋水篇事恐未盡也因請再賦

怨疑怒之誤

三元秘秋水秋水一何多江流滾滾無盡淮漢入包羅遥想靈官神府坐閱潮頭風怨萬里瞰蒼波浩蕩没鷗鷺噴薄出蛟鼉　馬當山牛渚渡幾人過金鼇下瞰京口舟楫避盤渦始信林生濤雨一濯黄泥盡許無奈旱苗何我欲洗兵馬誰解挽天河

又

予兒時在遺山家阿姊嘗教誦先叔放言古今忽白首感念之餘賦此詞云

韓非死孤憤虞叟坐窮愁懷沙千古遺恨郊島兩詩囚堪笑井蛙褢虱不道人生能幾肝肺自相讐正有一朝

樂不抵百年憂　笑悠悠江上水自東流紅顏不暇一惜白髮忽盈頭我欲拂衣遠引直上嵩山絶頂把酒勸浮丘籍此兩黃鵠浩蕩看齊州

又

北風下庭緑容鬢入霜華回首北望鄉國雙淚落清笳天地悠悠逆旅歲月匆匆過客吾也豈匏瓜四海有知已何地不為家　五溪魚千里菜九江茶從他造物留住辦作老生涯不願酒中有聖但願心頭無事高枕臥烟霞晚節憶吹帽籬菊漸開花

又

至元戊寅為江西呂道山參政壽

香風萬家曉和氣九江春朝回冠蓋得意玉季和金昆屈指登高舊節側耳稱觴新語採菊舊芳樽南土愛王綮東閣壽平津　節龍香符虎重印龜新弓刀千騎如水曾為下南閩墻下陰陰桃李庭下輝輝蘭玉一笑指莊椿更看濟時了高卧道山雲

又

十月海棠

遂疑逐之誤

金盤薦華屋銀燭照紅粧歡遊曾得多少風雨遂春忙只道神仙漸遠争信情緣未斷自有返魂香萬木盡搖

落穠豔又芬芳　憶真妃春睡足按霓裳馬嵬山下回首野日澹無光不避山茶小雪似愛江梅新月疎影伴昏黃誰喚河呂（一云疑是阿嬌）起呵手染緗霜（緗與胭同是中州集王子可詞）自注謂脂粉也

又

夜醉西樓為楚英作

雙眸翦秋水十指露春蔥仙姿不受塵汙縹緲玉芙蓉舜偏柘枝遺譜歌盡桃花團扇無語到東風此意復誰解我輩正情鍾　喜相從詩卷裏酒杯中纏頭安用百萬自有海犀通日日東山高興夜夜西樓好夢斜月小

簾櫳何物寫幽思醉墨錦箋紅

水龍吟

丙午秋到維揚途中值雨甚快然

短亭休唱陽關柳絲惹盡行人怨鴛鴦隻影荷枯葦落沙寒水淺紅綬雙銜玉簪中斷苦難留戀更黃花細雨征鞍催上青衫淚一時濺　回首孤城不見黯秋空去鴻一線情緣未了誰教重賦春風人面鬭草閑庭採香幽徑舊曾行遍漫今宵酒醒無言有恨恨天涯遠

又

么前三字用仄者見田不伐洋嘔集水龍吟二首

皆如此曲妙於音蓋　以無疑或用平字恐不堪
協雲和署樂工宋奴伯婦王氏以洞簫合曲宛然
有承平之意乞詞於予故作以贈會好事者為王
氏寫真末章及之

綵雲蕭史臺空洞天誰是驂鸞伴傷心記得開元遊幸
連昌别館力士傳呼念奴供唱阿郎吹管悵無情一枕
繁華夢覺流年又暗中換　邂逅京都兒女歡遊遍畫
樓東畔尊前一曲餘音嫋嫋驪珠相貫日落邯鄲月明
燕市儘堪腸斷倩丹青細染風流圖畫寫崔徽半

又

送史總帥鎮西川時來混一

壯懷千載風雲玉龍無計三冬卧天教喚起崢嶸才器人稱王佐豹略深藏虎符榮佩君恩重荷香旌旗動色軍容一變蜀翌展先聲播　我望金陵王氣儘消磨區區江左樓船萬艫瞿塘東瞰徒橫鐵鎖八陣名成七擒功就南夷膽破待他年畫像麒麟閣上為將軍賀

又

九月四日為江州總管楊文卿壽

鴈門天下英雄策勳宜在平吳後金符佩虎青雲飄蓋名藩坐守千里江皐一時淮甸掃清殘寇看人歸厚德

天垂餘慶階庭畔芝蘭秀　我望戟門名畫氣佳哉危亭新搆年年此夕風流長占中秋重九丹桂留香緑橙供味碧萸催酒有廬山絶頂蒼蒼五老贊君侯壽

又

登岳陽樓感鄭生龍女事譜大曲薄媚

洞庭春水如天岳陽樓上誰開宴飄零鄭子危闌倚遍山長水遠何處蘭舟彩霞浮樣笙簫一片有蛾眉起舞含嚬凝睇分明是舊仙媛　風起魚龍浪捲望行雲飄然不見人生幾許悲歡離聚情鍾難遣問道當時汜人能誦招魂九辯又何如乞我輕綃數尺寫湘中怨

又

九日同諸公會飲鍾山望草堂有感

倚天鍾阜龍蟠四時青壁雲烟潤陂陀千里蒼髯夾路清風緩引蘭若西邊草堂別崦遺基猶認自猿驚鶴怨山人去後誰更向此中隱　獨愛丹崖碧嶺枕平川人家相近登臨對酒茱萸香細莓苔坐穩老計菟裘故應來領林泉佳遯怕烟霞笑我塵容俗狀把山靈問

又

送張大經御史就用公九日韻兼簡盧處道副使使宗國賈按察司時盧號疎齋

繡衣攬轡西行慨然有志人知否江山好處留連光景一杯别酒世事無端惱人方寸十常八九對霜松露菊荒寒三徑等閒又登高後　問訊宣城太守幾裁詩畫堂清晝山長水闊思君不見踟躕搔首却羡行雲暫留還去無心出岫笑窮途歲晚江頭送客唱青青柳

又

遺山先生有醉鄉一詞僕飲量素慳不知其趣獨閒居嗜睡有味因爲賦此

醉鄉千古人行看來直到無何地如何物外華胥境界生平夢寐鸞馭翩翩蝶魂栩栩俯觀羣蟻恨周公不見

莊生一去誰真解黑甜味　聞道希夷高卧古二峰華山重翠尋常羨殺清風嶺上白雲堆裏兀負平生算來惟有日高春睡有林間剝啄忘機幽鳥喚先生起

附和

曹光輔教授凡和三十首不能盡録姑記其一云

世間清苦禪和了心才到安閑地藜牀兀兀經年打坐頹然假寐却甚牀邊偶聞牛鬬不知喧蟻怪籐條臨濟飢飧困卧方會得箇中味　爭似橫江橫上入簾櫳好山供翠悠悠萬事從今都付黃粱炊裏朝暮陰晴定應不廢平生甘睡笑傍人問我何當夢覺為

蒼生起

又

用前韻贈答元輔

倚闌千里風烟下臨吳楚知無地有人高枕樓居長夏晝眠夕寐驚覺游仙紫毫吐鳳玉觴春蟻更誰人似得淵明太白詩中趣酒中味　慚愧東溪處士待他年好山分翠人生何苦紅塵陌上白頭浪裏四壁牕明兩盂粥罷暫時打睡儘聞鷄祖逖中宵狂舞蹴劉琨起

又

予始賦睡詞諸公賡和三十餘首一日友人王父

御攜肴來訪話及梁園舊遊因感其事復用前韻

萬金不買青春老來可惜歡娛地有時記得江樓深夜解鞍留寐蘭焰噴紅寶香薰麝玉醅蒭蟻更誰能細說當年風韻江瑶柱荔枝味　漂泊江湖萬里渺難尋探芳拾翠何心更到折枝圖上賣花聲裏蓬鬢刁騷角巾欹墮枕書聊睡恨匆匆未辦蓴鱸歸棹又秋風起

念奴嬌

題鎮江多景樓用坡仙韻

江山信美快平生一覽南州風物落日金焦溪紺宇鐵甕猶殘城壁雲擁潮來水隨天去幾點沙鷗雪消磨不

盡古今天寶人傑　遥望石塚巉然參軍此葬萬劫誰能發桑梓龍荒驚嘆後幾度生靈埋滅往事　休論酒杯纔近照見星星髮一聲長嘯海門飛上明月

又

中秋效郭敬齋體每句用月字

一輪月好正人間八月凉生襟袖萬古山河歸月影表裏月明光透月桂婆娑月香飄蕩修月香人手深沉月殿月娥誰念消瘦　今夕乘月登樓天低月近對月能無酒把酒長歌邀月飲明月正堪為友月白人圓月和人醉月是承平舊年年賞月願人如月長久

又

中秋重九人間佳節也古今賦詠固多予早年嘗記僧仲璋九日述懷一篇與此篇格相同恐歲久無傳就附於此其詞云仲璋俗姓閻法諱志蓮號山泉道人落魄嗜酒滑稽玩世頗為時人所愛

消磨九日算年年惟有黃花白酒把酒簪花能有幾七十光陰回首人壽難期酒杯有限花色應如舊花醲酒釅問君著甚消受　彭澤千古英魂有花能折有酒能傾杳萬事悠悠輸一醉花酒休教離手明月西風闌栅酒盡憔悴花枝瘦酒腸花眼正宜年少時候

杳疑否之誤

又

江湖落魄鬢成絲遥憶揚州風物十里樓臺簾半捲玉女香車鈿璧后土祠寒唐昌花盡誰弄璚枝雪山川良是古來消盡雄傑　落日烟水茫茫孤城殘角怨入清笳發岸樣扁舟人不寐柳外漁燈明滅半夜潮來一帆風送凜凜森毛髮來流東下玉簫吹落殘月

又

壬戌秋泊漢江鴛鴦灘寄贈

露團漸冷又今年辜負中秋明月誰念江中憔悴我夢斷芙蓉城闕燕子東歸鴻賓南下滿眼蘆花雪行人何

處也應珠淚凝睫　常記樓上歌聲一尊酒盡默默無言別恨殺鴛鴦灘下水不寄題詩紅葉聚淚鮫綃畫眉螺黛總在歸時節百年心事等閑休向人説

滿江紅

題呂仙祠飛吟亭壁用馮經歷韻

雲外孤亭空悵望烟霞仙客還試問飛吟詩句為誰留別三入岳陽人不識浮生擾擾蒼蠅血道老精知向樹陰中曾來歇　松穉在虬枝結皮溜雨根盤月恨還丹不到後來豪傑塵世千年飄甲子秋空一劍横霜雪待他時攜酒赤城遊相逢説

又

用前韻留別巴陵諸公時至元十四年冬

行遍江南算只有青山留客親友閒中年哀樂幾回離別碁罷不知人換世兵餘猶見川流血嘆昔時歌舞岳陽樓繁華歇　寒日短愁雲結幽故壘空殘月聽閻閭談笑果誰雄傑歎枕纔移孤館雨扁舟又泛長江雪要烟花三月到揚州逢人說

又

庚戌春別燕城

雲鬟犀梳誰得似錢塘人物還又喜小牕虛幌伴人幽

獨鴛枕恰疑巫峽夢舉杯忽聽陽關曲問淚痕幾度挹羅巾長相續　南浦遠歸心促春草碧春波綠黯銷魂無際後歡難卜拭手牕前機織錦斷腸石上簪磨玉恨馬頭斜月減清光何時復

又

重陽後二日王彥文并利用秦山甫相過小飲利用亦姓王字國賓贈柱國中書平章政事

過了重陽寒慘慘秋陰連日尚何事滿城風雨漏天如泣點染一林紅葉暗飄蕭　三徑黃花濕聽敲門忽有客三人來相覓　時節好誇橙橘兒女喜分棗栗罄一樽

聊慰老懷岑寂想像曾來神女賦傷心似失文通筆破殘年催釀酒如川長鯨吸

又

同鄭都事復用前韻退訖所租學田

費盡長繩繫不住西飛白日客窗外滿庭秋草露蛩寒泣酒後看花空眼亂花前把酒從衣濕要一廛歸老作菟裘何難覓　仙客老巴園橘封萬户燕山栗且栽培孤竹伴人孤寂豈有梁鴻高世志也無司馬題橋筆便與君同訪洞庭春和雲吸

瑞鶴仙

登金陵烏衣園來燕臺

夕陽王謝宅對草樹荒寒亭臺欹側烏衣舊時客渺雙飛萬里水雲寬窄東風羽翅也迷當時巷陌向尋常百姓人家辜負幾回春色　悽惻人空不見畫棟棲香繡簾窺額雲兜霧隔錦書至付誰拆劉郎只見金陵興廢贈得行人鬢白又爭如復到玄都兔葵燕麥

摸魚子

七夕用嚴柔濟韻

問雙星有情幾許消磨不盡今古年年此夕風流會香暖月朧雲戶聽笑語知幾處彩樓瓜果祈牛女蛛絲暗

度似拋擲金梭縈回錦字織就舊時句　愁雲暮漠漠蒼烟桂樹人間心更誰訴擘釵分鈿蓬山遠一樣絳河銀浦烏鵲渡離別苦啼粧灑盡新秋雨雲屏且駐算尤勝嫦娥倉皇奔月只有去時路

又

真定城南興慶堂同諸公晚眺

瀲青紅水邊牕外登臨元有佳趣薰風蕩漾昆明錦一片藕花無數繞欲語香暗度紅塵不到蒼烟渚多情鷗鷺儘翠蓋搖殘紅衣落盡相與伴風雨　橫塘路好在吳兒越女扁舟幾度來去採菱歌斷三湘遠寂寞岸花

汀樹天已暮更留看飄然月下凌波步風流自許待載酒重來淋漓醉墨為寫洛神賦

又

秋仲一日李具瞻侍御偕予過天慶觀訪蒲敬之都事既而登冶城藉草於蒼蒼萬玉中觴詠樂甚道官王默隨者在焉且盟其兩柏森立間構亭為遊目騁懷之所翌日賦此記一時之槩耳

望參差冶城烟樹故人知在琳宇繡衣來就論文飲酒隨意割雞炊黍歡樂處忘爾汝清談況有神仙侶一杯緩舉放遠目增明遥岑出翠俯仰幾今古　紅塵夢不

到丹臺紫府尋真偶得佳趣兩株翠柏參天起千畝渭川烟雨君已許向此地結亭為我開牕户朝來暮去待細攬烟霞平分風月揮灑錦囊句

又

用前韻送敬之蒲君卜居淮上敬之自翰苑蘄黄道宣慰幕官

聽西風細吟亭樹秋聲先到衡宇季鷹千里蓴鱸興更喜范張雞黍傾蓋處慚愧汝高樓不減烟霞侶匏尊笑舉對得意江山忘懷風月醉眼玩今古　鑾坡客又向紅蓮幕府田園何日成趣九重聞道思賢佐恐要濟時

霖雨天若許從所好結廬相就開蓬户山人休去怕蕙帳空懸猿驚鶴怨貽笑草堂白

又

復用前韻

問誰歌六朝玉樹當年春滿庭宇歌殘夜月西風起吹動一川禾黍愁絶處　汝姑蘇麋鹿成羣侶清樽漫舉對澹澹長空蕭蕭喬木慷慨弔今古　生平苦走遍南州北府年來頗得幽趣緑蓑青笠渾無事醉卧一天風雨秋幾許沙渚上漁樵小隱隨編户扁舟脱去望綺散餘霞江澄净練還愛謝公句

天籟集卷上終

天籟集卷下

白　樸蘭谷著

沁園春

金陵鳳凰臺眺望

獨上遺臺目斷清秋鳳兮不還悵吳宮幽徑埋深花草晉時高塚鎖盡衣冠橫吹聲沉騎鯨人去月滿空江鴈影寒登臨處且摩挲石刻徙倚欄杆　青天半落三山更白鷺洲橫二水間問誰能心比秋來水靜漸教身侶嶺上雲閑擾擾人生紛紛世事就裏何常不强顔重回首怕浮雲蔽日不見長安

又

保寧佛殿即鳳凰臺太白留題在焉宋高宗南渡嘗驛駐寺中有石刻御書王荆公贈僧詩云紛紛擾擾十年間世事何嘗不强顏亦欲心如秋水靜應須身似嶺雲閒意者當時南北擾攘國家蕩析磨盾鞍馬間有經營之志百未一遂此詩若有深契於心者以自況予暇日來遊因演太白荆公詩意亦猶檃括水龍吟用李延年淳于髡語也

我望山形虎踞龍盤壯哉建康憶黃旗紫蓋中興東晉雕欄玉砌下逮南唐步步金蓮朝朝瓊樹宮殿吳時花

草香今何日尚寺留蕭姓人做梅妝　長江不管興亡謾流盡英雄淚萬行問烏衣舊宅誰家作主白頭老子今日還鄉弔古愁濃題詩人去寂寞高樓無鳳凰斜陽外正漁舟唱晚一片嗚榔

又

夜夢就樹摘桃啖之於中一枚甘苦覺而異之因為之賦

渺渺吟懷望佳人兮在天一方問鵾鵬九萬扶搖何力蝸牛兩角蠻觸誰强華表鶴來銅盤人去白日青天夢一場俄然覺正醯雞舞甕野馬飛塵　徜徉玩世何妨

更誰道狂時不得狂羡東方臣朔從容帝所西真阿母喚作兒郎一笑人間三遊海上畢竟仙家日月長相隨去想蟠桃熟後也許偷嘗

又

監察師巨源時辟予為政司讀嵇康與山濤書有契於予心者就譜中辭書謝之

自古賢能壯哉飛騰老來退閑念一身九患天教寂寞百年孤憤日就衰殘麋鹿難馴金鑣縱好志在長林豐草間唐虞世也曾聞巢許遁蹟箕山　越人無用殷冠怕機事纏頭不耐煩對詩書滿架子孫可教琴樽一室

親舊相歡況屬清時得延殘喘魚鳥溪山任往還還知
否有絕交書在細與君看

又

送按察司合道公赴浙東任

玉節星軺十道監司治稱最優甚惠風纔到豚魚亦信
清霜未降狐兔先愁鎮靜洪都澄清白下又過東南第
一州雲烟底看山嵓競秀萬壑爭流　離筵無計相留
謾慷慨中年白髮稠記璚花照眼忙催詩筆松燈促座
笑遮鯱籌放浪形骸欣於所遇負我蘭亭共一遊心期
在想山陰興盡和月回舟

天籟詞　卷下　二三

又

十二月十四日爲平章呂公壽

蓋世名豪，壯歲鷹揚，擁兵上流，把金湯固守，精誠貫日，衣冠不改，意氣橫秋，北闕絲綸，南朝家世，好在雲間建節樓，平章事，便急流勇退，黄閣難留　菟裘喜遂歸休，着宫錦何妨萬里遊，似謝安笑傲，東山別墅，鴟夷放浪，西子扁舟，醉眼乾坤，歌鬟風霧，笑折梅花插滿頭，千秋歲，望壽星光彩，長照南州

又

呂道山右丞覲回過金陵別業至元丙子予識道

山於九江今十年矣

流水高山獨許鍾期最知伯牙愧我投木李得酬瓊玖人驚玉樹有倚蒹葭風雨十年江湖千里望美人兮天一涯重攜手似仲宣去國江令還家　門前柳拂堤沙便好繫天津泛斗槎看金鞍鬧簇花邊置酒玉盂旋洗竹裏供茶朱雀橋荒烏衣巷古莫笑斜陽野草花寒食近算人生行樂少住為佳

風流子

丁亥秋復得仲常書有楚星燕月千里相望何時會合以副舊遊之語就譜此曲以寄之

花月少年場嬉遊伴底事不能忘楊柳送歌晴分春色
夭桃凝笑閒賞天香綺筵上酒杯金瀲灩詩卷墨琳瑯
閑裊玉鞭管珂里醉攜紅袖燈火夜行　回首事堪傷
温柔處竟流落江鄉惆悵鬢絲禪榻眉黛吟牕甚社燕
秋鴻十年無定楚星燕月千里相望何日故園行樂重
會風光

燭影搖紅

前事用呂東牕韻

三尺枯桐古來長恨知音少玉簫吹斷鳳樓雲此恨何
時了落日飛鴻聲　悄長江離魂浩渺贈環留能結運

合心同知誰表　風雨紅稀夢回別院鸎啼曉一生辜負看花心惆悵人空老待訪還丹瑞草駕飈輪蓬萊去好又愁滄海恍惚塵揚難尋仙島

木蘭花慢

燈夕到維揚

壯東南形勝淮吐浪海吞潮記此日江都錦帆巡幸汴水迢遥迷樓故應不見見瓊花底事也香銷興廢幾更王霸是非總付漁樵　誰能十萬更纏腰鶴馭盡飄飄正繡陌珠簾紅燈鬧影三五良宵春風竹西亭上拼淋漓一醉解金貂二十四橋明月玉人何處吹簫

又

聽鳴騶入谷怕驚動北山猿且放浪形骸支持歲月點檢田園先生結廬人境竟不知門外市塵喧醉後清風到枕醒來明月當軒　伏波勳業照青編薏苡又何冤蕞爾倭奴抗衡上國挑禍中原分明一盤碁勢謾教人著眼看師言為問鵾鵬輪海何如鷄犬桃源

又

覃懷北賞梅同參政西庵楊文和奥敦周卿府判韻

記羅浮仙子儼微步過山都正日暮天寒明粧澹眼來

伴清尊行雲黯然飛去悵參橫月落夢無痕翠羽嘈嘈
樹杪玉鈿隱隱墻根　山陽一氣變冬温真實不須論
滿竹外幽香水邊踈影直徹蘇門彷彿對花終日捹淋
漓襟袖醉昏昏折得一枝在手天涯幾度消魂

又

復用前韻代友人宋子冶賦

望丹東沁北澹流水遠孤邨對幾樹踈梅十分素艷一
曲芳尊誰堪歲寒為友伴仙姿孤瘦雪霜痕翠竹森森
挹節蒼松落落盤根　銅瓶水滿玉肌温此意與誰論
漸月冷芸牕燈殘紙帳夜悄衡門傷心杜陵老眼細看

來只似霧中昏賴有清風破鼻暗香浮動吟魂

又

王彥立所居南口傍真隱庭中新作盤池同諸公賦

渺高情公子得真隱信悠哉占上下壺天中間隙地鑿破莓苔移將鑑湖寒影放微風灩灩翠奩開復有一番荷芰都無半點塵埃　夜深明月晃閒階不負小亭臺儘羅袖盛香碧筒吸露一洗胸懷紅遵故家幕府看新詩題詠滿南齋好聽瀟瀟風雨老夫從此須來

又

丙子冬寄隆興呂道山左丞

憶元龍湖海尊俎地笑談間儘畫燭寒燒紅螺細捲沉醉更闌西風數聲笳鼓悵匡廬山下送征鞍秋水蘋花漸老曉霜楓葉初丹　滕王高閣倚江干極目楚天間想畫棟珠簾朝雲南浦暮雨西山天涯倦遊司馬更幾時攜手一憑闌別後相思何處月明千里鄉關

又

戊子秋送合道監司赴任秦中兼簡程介甫按察

倦區區遊宦便回棹謝山陰算難似君侯尊鱸有味富貴無心匆匆又移玉節恨相思何處更相尋渭北春天

樹遠江東日暮雲深　岸花檣燕動悲吟把酒惜分襟問玉井蓮開三峰絶頂誰共登臨長安故人好在憶元龍名重古猶今說與英雄湖海應憐枯槁山林

又

己丑送　紹開王仲謀兩按察赴浙右閩中任時浙憲置司於平江故有向吳亭之句

擁煌煌雙節九萬里入鵬程愛人物鄒枚文章李杜海內聲名相逢廣陵陌上恨一尊不盡故人情歲月奔馳飛鳥交游聚散浮萍　出門一笑大江橫馬首向吳亭且分路揚鑣七閩雨浙得意澄清江山剩供詩否想緋

徊南手避文星留著調元老手却來同佐昇平

又

歌者樊娃索賦

愛人間尤物信花月與精神聽歌串驪珠聲勻象板咽水縈雲風流舊家樊素記櫻桃名動洛陽眷千古東山高興一時北海清尊　天公不禁自由身放我醉紅裊想故國邯鄲叢臺老樹儘賦招魂青山幾年無恙但淚痕差比向來新莫要琵琶寫恨與君同是行人

又

爲樂府宋生寫賦宋子壽香燕城好事者爲渠寫

真手撚荼蘼二枝

展春風圖畫恍人世有神仙愛手撚荼蘼香聞韻遠軃袖垂肩東鄰幾日親見意丹青無地著嬋娟杏臉紅生曉暈柳眉翠點春妍　舞衫歌扇綺羅筵還我舊因緣儘金縷新聲烏絲醉墨共惜流年年來茂陵多病更玉琴淒斷鳳鸞弦　留得一枝春在不妨總倒尊前

又

快人生行樂捲江海入瑤觴對滿眼韶華東城南陌日日尋芳吟鞭自隨驕馬殢春風指點杏花墻時聽鶯啼婉轉幾回蝶夢悠揚　行雲早晚上巫陽白地惱愁腸

待玉鏡臺邊銀燈影裏細看濃粧風情自憐韓壽恨無緣得佩賈充香說與殷懃青鳥暫時相見何妨

又

感香囊悼雙文

覽香囊無語漫流淚濕紅紗說戀戀成歡匆匆解佩不忍忘他消殘半襟蘭射向繡茸詩句映梅花疎影横斜何處暗香浮動誰家　春霜底事掃濃華埋玉向泥沙嗟物是人非虛迎桃葉誰偶匏瓜西風楚詞歌罷料芳魂飛作碧天霞鏡裏舞鸞空在人間後會無涯

玉漏遲

故園風物好芳尊日日花前傾倒南浦傷心望斷綠波
春草多少相思淚點算只有青衫知道殘夢覺無人解
我厭厭懷抱　懊惱楚峽行雲儘賦盡高唐後期誰報
玉杵玄霜著意且須重擣轉眼梅花過也又屈指春殘
燈鬧粧鏡曉應念畫眉人老

又

段伯聖同余留滯九江其歸也別侍兒睡香子亦
有感

瑞香花正吐誰交付與東君為主夢覺廬山一片綵雲
何所惆悵留題在壁麝墨淚無窮愁緒常記取徘徊顧

影燈前低語　幾許欵密留情繫絆然　世間兒女淪落天涯夜夜月明湓浦速我青衫淚滿料不忍孤帆東去離思苦休唱渭城朝雨

又

碧梧深院悄清明過也秋千閑了楊柳陰中又是一番啼鳥人去瑤臺路遠辜負却花前歡笑音信杳西樓盡日凭闌凝眺　縹緲霧閣雲牕恨夢斷青鸞夜深寒悄簷玉敲殘捱得五更風小麝炷金猊燼冷畫燭短銀屏空照芳徑曉惆悵落紅多少

江梅引

一溪流水隔天台小桃栽為誰開應念劉郎早晚得重來翠袖天寒憔悴損倚修竹殘紅隨綠苔　怨極恨極愁更哀甚連環無計解伯勞分背燕飛去雲樹蒼崖千里何處托幽懷溫嶠風流還自許後期杳塵生玉鏡臺

秋色橫空

賦虞美人草本名玉茸墜金環秋色橫空蓋前人詞首句遺山用以為名

兒女情多甚千秋萬古不易消磨拔山力盡垓下困英雄尚擁兵戈含紅淚顰翠蛾拚血汙遊魂逐太阿草也風流猶弄舞態婆娑　當時夜聞楚歌歎烏騅不逝恨

滿山河匆匆玉帳人東去耿耿素志無他黃陵廟湘水波記染竹成斑泣舜娥又豈止虞子（兮）無可奈何

又

順天張侯毛氏以早梅命題索賦時壬子冬

搖落初冬愛南枝迥絕暖氣潛通金章睡起宮粉褪新粧澹澹丰容冰甤瘦蠟蔕融便自有翛然林下風肯羨蜂喧蝶鬧艷紫妖紅　何處對花興濃向藏春池館透月簾櫳一枝鄭重天涯信腸斷驛使相逢關山路幾萬重記昨夜筠筒和淚封料馬首幽香先到夢中

石州慢

丙寅九日期楊翔卿不至書懷用少陵詩語

千古神州一旦陸沈髙岍深谷夢中雞犬新豐眼底姑
蘇麋鹿少陵野老杖藜潛步江頭幾回飲恨吞聲哭歲
暮意何如怯秋風茅屋　幽獨療饑賴有楚萍煖老尚
須燕玉白璧微瑕難把閑情拘束草深門巷故人車馬
蕭條等閑瓢棄尊無緑風雨近重陽滿東籬黄菊

鳳皇臺上憶吹簫

笳鼓秋風旌旗落日使君威震雄邊羨指揮貔虎斗印
腰懸盡道多多益辦仗玉節亳邑新遷江淮地三軍耀
武萬竈屯田　幾回　畫戟門庭珠履賓筵

慣雅歌堂上起舞尊前況是稱觴令節望醉鄉有酒如川明年看平吳事了圖像凌烟

滿庭芳

屢欲作茶詞未暇也近選宋名公樂府黃賀陳三集中凡載滿庭芳四首大槩相類各有得失復雜用無寒刪先韻而語意若不倫僕不揆狂妄合三家奇句試為一首必有能辯之者

雅讌飛觴清談揮麈主人終夜留歡密雲雙鳳碾破縷金團 品香泉味好須臾看蟹眼湯翻銀瓶注花浮兔椀雪點鷓鴣斑 雙鬟微步穩春纖擎露翠袖生寒覺

清風扶我醉玉頹　照眼紅紗　吟鞭送月滿吟鞍歸來晚芸牕未寢相伴卸粧殘

綠頭鴨一名多麗

洞庭懷古

黯消魂楚天風物凄清過黃陵山長水遠古今遷客傷情渺澄波聚魚曲港浣紗人去掩柴荆湘庭晚荻花風細秋月照茅亭一壺酒澆平磊硯問甚功名　買扁舟安排歸去五湖烟景誰爭等閑攜弄　西子恍惚遇鼓瑟湘靈看盡嬌顰聽殘雅奏暮雲江上數峰青柁樓底香芹鮮鯽還是越中行閑生好浮家泛宅聊寄平生

永遇樂

至元辛卯春二月三日同李景安提舉遊杭州西湖

二月西湖四時烟景誰暇遊遍紅袖津樓青旗柳市幾處簾爭捲六橋相望蘭橈不斷十里水晶雲殿夕陽下笙歌人散唱徹采菱新怨　金明老假華胥春夢腸斷故都池苑和靖亭前蘇公堤上漫把梅花撚青衫儘奈濛濛雨濕更著小蠻針線覺平生扁舟歸興此中不淺

賀新郎

喜氣軒眉宇　盧郎風流年少玉堂平步車騎雍容光

天籟詞　卷一　二二二

華遠不是黄梁逆旅抖擻盡貂裘塵土便就莫愁雙槳去待經過蘇小錢塘渡畫圖裏看烟雨　一樽邂逅歌金縷望晴川鑪峰瀑布浪花湓浦老我三年江湖客幾度登臨弔古悵日暮家山何處别後船頭虹貫日想君還東觀圖書府天咫尺聽新語

沁園春

夜枕無夢感子陵太白事明日賦此

千載尋盟李白扁舟嚴陵釣車　故人偃蹇足加帝腹將軍權幸手脫公靴星斗名高江湖迹在爛熳雲山幾處遮山光裏有紅鱗旋斫白酒從賒　龍蛇起陸曾嗟

且放我狂歌醉飲些甚人生貧賤剛求富貴天教富貴却遲驕奢乘興而來造門即返何必親逢安道耶兒童笑道先生醉矣風帽欹斜

讌瑤池

本名八聲甘州樂府八聲甘州名頗俚鄙予愛其法雅健因採東坡戚氏一篇稍架檃括便就新翻仍改其名

玉龜山阿母統羣仙幽閑志蕭然有金城千里瓊樓十二紫翠霏烟樛滿當時西狩八駿戲芝田駐蹕瑤池上命賜華筵 天樂雲璈昻沸眉飛瑤舞態醉飲留連漸

月斜河漢霞綺布晴天望神州東回玉輦杏花風數里響鳴鞭長安近依稀柳色翠點秦川

垂楊

壬子冬薄遊順天張侯毛氏之兄正卿邀予往拜夫人既而留飲撰詞一詠梅以玉耳墜金環歌之一送春以垂楊歌之詞成惠以羅綺四端夫人大名路人能道古今雅好客自言幼時有老尼年幾八十嘗教以舊曲垂楊音調至今了然事與東坡補洞仙歌詞相類中統建元壽春榷場中得南方詞編有垂楊三首其一乃向所傳者然後知夫人

真承平家世之舊也

關山杜宇甚年年喚得韶光歸去怕上高城望遠烟水迷南浦賣花聲動天街曉總吹入東風庭户正紗牕濃睡覺來驚翠蛾愁聚　一夜狂風橫雨恨西園媚景匆匆難駐試把芳菲點檢鸎燕渾無語玉纖空折梨花撚對寒食厭厭心緒問東君落花誰是主

西江月

白石空銷戰骨清泉不洗塵埃五雲多處望蓬萊鞭石誰能過海　一夕神遊八表衆星光拱三台天公元不棄非才坐我金銀世界

又

郭祐之得雄渠即賈治中壻

天上靈椿未老月中丹桂初花充閭佳慶儘堪誇聖善元來姓賈　廣座平分玉果絳羅剩拂丹砂從今人說細侯家自有青彩竹馬

又

過隙光陰流轉還丹歲月綿延幾人青鬢對長年且鬪時間康健　四海率歸英主三山免化飛仙大家有分占桑田近日蓬萊水淺

又

九江送劉牧之同知之杭

我自紉蘭爲佩，君方剖竹分符。才情風調有誰如。彷彿三生小杜。　置酒昔登峴首，題詩今對匡廬。青衫恨不到西湖。共濕黃梅細雨。

又

李元讓赴廣東帥幕

皎皎風前玉樹，煌煌腰下金符。陳琳檄草右軍書。香滿紅蓮幕府。　政自雄心撫劒，不妨雅唱投壺。長纓繫越在須臾。看掃蠻烟瘴雨。

又

漁父

世故重重厄網生涯小小漁船白鷗波底五湖天別是
秋光一片　竹葉醅浮綠醽桃花浪清紅鮮醉鄉日月
武陵邊管甚陵遷谷變

浪淘沙

今古海山情月牖雲扃潛教小玉報雙成整頓羅衣斜
斂出門外嬌迎　燈暗酒微醒鬢亂釵橫一春心事語
丁寧明夜閒衾容易冷誰復卿卿

又

青鏁幾窺容帶結心同臨鸞誰與畫眉峰自恨尋芳來

較晚辜負春紅　無物比情濃無計相從殷勤心事若
爲通留得青衫前日淚彈滿西風

又

行路古來難似得還山山間終是勝人間風月琴尊應
不羨塵土征鞍　何處世來閑白下長干一看春事又
闌珊缺二句

朝中措

燕忙鶯亂鬬尋芳誰得一枝香自是玉心皎潔不隨花
柳漂揚　明朝去也燕南趙北水遠山長都把而今歡
愛留教後日思量

又

娃兒十五得人憐金雀髻垂肩已愛盈盈翠袖更堪小
小花鈿　江山在眼賓朋滿座有酒如川未便笑〔芙〕蓉帳
底且教玳瑁筵前

又

田家秋熟辦千倉造物恨難量可惜一川禾黍不禁滿
地螟蝗　委填溝壑流離道路老幼堪傷安得長安毒
手變教四海金穰

又

蒼松隱映竹交加千樹玉梨花好箇歲寒三友更堪紅

白山茶　一時折得銀瓶插看相映烏紗明日扁舟東去夢魂江上人家

又

東華門外軟紅塵不到水邊村任是和羹傳鼎爭如漉酒陶巾　三年浪走有心遯世無地棲身何日團圞兒女小牎燈火相親

清平樂

詠木犀花

碧雲葉底萬點黄金蕋更看薔薇清露洗澤國秋光如水　餘生牢落江南幽香鼻觀曾參見說小山招隱夢

魂夜夜雲巖

又

詠水仙花

玉肌消瘦徹骨熏香透不是銀臺金盞酒愁殺天寒翠袖　遺珠恨望江皋飲漿夢到藍橋露下風清月慘相思魂斷誰招

又

李仁山檻蟠桃梅

前村瀟灑雪徑人回駕一檻誰移春造化鬱鬱香浮月下　青綾半護氷姿宛然臨水開時説與綠毛幺鳳不

妨倒挂亂枝

又

李仁山次韻自注蟠梅來自杭和靖詩句得於孤山也

瑶英輕灑姑射飄仙駕巧奪孤山能變化夭嬌飛來月下　絶憐玉骨清姿不隨紅紫芳時要識天然標格竹籬茅舍橫枝

又

箜篌小字夢覺參差是不種仙家白玉子著甚消　好事　桃花門外重重一言半語相通縈損題詩崔護幾

回南陌春風

又

朱顏漸老白髮添多少桃李春風渾過了留得桑榆殘照　江南地迥無塵老天一片閒雲戀殺青山不去青山未必留人

又

同施景悅賭雙陸不勝戲作

閒尋博奕飽飯消長日自笑家儲無甔石百萬都教一擲　平生酒聖詩豪韋娘局上相嘲今日風流磨折翠裘輸與緼袍

點絳唇

翠水瑤池舊遊曾記飛瓊伴玉笙吹斷緫作空花觀
夢裏關山淚挹羅襟滿離魂亂一燈幽慢展轉秋宵半

小桃紅

歌姬趙氏常為友人賈子正所親攜之江上有數月留後予過鄧往來侑觴感而賦此俾即席歌飲之

雲鬟風鬢淺梳妝取次尊前唱比著當時江上減容光
故人別後應無恙傷心留得軟金羅袖猶帶賈充香

踏莎行

詠雪

凍結南雲寒風朔吹紛紛六出飛花墜海仙翦水看施工仙人種玉來呈瑞　梅蕚清香竹稍點地畫闌倚濕湖山翠先生方喜就烹茶銷金帳裏人何醉

風入松

詠紅梅將橙子皮作酒杯

使君高宴出紅梅腰鼓揭春雷更將紅酒澆濃艷風流夢不負花魁千里江山吳楚一時人物鄒枚　軟金杯襯硬金杯香挽洞邊回西溪不減東山興歡搖動北海尊罍老我天涯倦客一杯醉玉先頹

浣溪紗

酒間贈金禪師時近六旬頭如雪白

世事方艱便猛回叢竹佳處得栽培花光別有一枝梅頭似雪盈都復添心如風篆也無灰生前相遇且銜杯

天籟集卷下終

天籟詞　卷一　四

附録

蘭谷先生像贊　孫大雅

堯舜在上巢許在下箕潁清風千載可亞如谷之虛如蘭之馨不為利往不求幸生降志辱身依隱玩世孰識其全以卒於義

曹安

猗嗟先生挺生前代肥遯林泉才華超邁富有文辭名曰天籟深谷之蘭芬芳猶在遺像子孫載瞻載拜

水調歌頭擬白蘭谷　李道純

三元秘秋水徵（密）實難量未分清濁天地人物一包藏十

乃太玄真水二氣由茲運化三極理全彰上下降升妙根本在中黄寄兎懷胎牛喘月蚌含光人明此理倒提斗柄犀銀横絶斷曹溪一派撤倒蓬萊三島無處不仙鄉誰為白蘭谷安寢感羲皇

酹江月　陳霆

滑稽玩世知包藏多少春花秋月天籟有詞人有像還似遺山風節松下巢由竹間逸少氣韻真高潔坐間撫掌溪山等是詩訣　見説多景樓前鳳凰臺上醉獨風吹裂千百英豪消歇盡江水至今悲咽萬里投荒三年坐困一樣家愁絶寄聲知否一杯當酹江雪

天籟集後序

余以洪武甲寅春掾姑孰郡文學時真定白淏子南分教諸生間示其祖蘭谷先生天籟集謹按先生諱樸字仁甫後改字太素姓白氏號蘭谷金季寓齋先生樞密院判之子也寓齋生三子先生其仲子也先生生長兵間流離竄逐父子相失遂鞠於元遺山先生所遺山教之成人始歸其家先生少有志天下已而事乃大謬顧其先為金世臣既不欲高蹈遠引以抗其節又不欲使爵祿以汙其身於是屈己降志玩世滑稽徙家金陵從諸遺老放情山水間日以詩酒優游用示雅志以忘天

下詩詞篇翰在在有之是編計詞二百餘首名天籟集
兵燹散失其孫淏得之姑孰士大夫家傳寫失真字多
謬誤余既考訂一二歸之以召赴京復求語以叙之余
惟先生詞章翰墨揮灑奮迅出於天下既以得名當時
板行於世余又何足以輕重哉然又不可以不一言者
先生出處大節微而婉曲而肆庸人孺子所不能識非
志和龜蒙林君復往而不返之儔可同日語故序以著
其出處之大略云
洪武丁巳春二月國學助教江陰孫大雅序

丁丑夏日高航盛起校

金陵全書

丁編·文獻類

唐明皇秋夜梧桐雨

（元）白樸 撰

南京出版社
南京出版傳媒集團

安禄山反叛兵戈舉
倣趙松雪筆

陳玄禮拆散鸞凰侶

楊貴妃曉日薦枝香

唐明皇秋夜梧桐雨

唐明皇秋夜梧桐雨雜劇

元　白仁甫撰

明吳興臧晉叔校

楔子

〔沖末扮張守珪引卒子上詩云〕坐擁貔貅鎮朔方，每臨塞下受降王。太平時世轅門靜，自把雕弓數鴈行。某姓張名守珪，見任幽州節度使。幼讀儒書，兼通韜略，爲藩鎮之名臣，受心膂之重寄。且喜近年以來邊烽息警，軍士休閒。昨日奚契丹部擅殺公主某差捉生使安祿山率兵征討不見來回話左右轅門前覷者等來時報復我知道（卒云）理會的淨扮安祿山上云自家安祿山是也積祖以來爲營州雜胡本姓康氏母阿史德爲突厥覡者禱于軋犖山戰鬭之神而生某生時有光照穹廬野獸皆鳴遂名爲軋犖山後母改嫁安延偃乃隨安姓改名安祿山開元年間延偃携某歸國遂蒙聖恩分隸張守珪部下爲某通曉六蕃言語膂力過人見任捉生討擊使昨因奚契丹反叛差我征討

自恃勇力深入不料衆寡不敵遂致喪師今日不
免回見主帥別作道理早來到府門首也左右報
復去道有捉生使安祿山來見〔卒報科〕〔張守珪云〕
着他進來〔安祿山做見科〕〔張守珪云〕安祿山征討
勝敗如何〔安祿山云〕賊衆我寡軍士畏怯遂至敗
北〔張守珪云〕損軍失機明例不宥左右推出去斬
首報來〔卒推出科〕〔安祿山大叫云〕主帥不欲滅奚
契丹耶奈何殺壯士〔張守珪云〕放他回來〔安祿山
回科〕〔張守珪云〕某也惜你驍勇但國有定法某不

敢賣法市恩送你上京取聖斷如何（安祿山云）謝
主帥不殺之恩押下（張守珪云）安祿山去了也詩
云須知生殺有旗牌只爲軍中惜將才不然斬一
胡兒首何用親煩聖斷來（下）（正末扮唐玄宗駕旦
扮楊貴妃引高力士楊國忠宮娥上）（正末云）寡人
唐玄宗是也自高祖神堯皇帝起兵晉陽全仗我
太宗皇帝滅了六十四處煙塵一十八家擅改年
號立起大唐天下傳高宗中宗不幸有宮闈之變
寡人以臨淄郡王領兵靖難大哥哥寧王讓位於

寡人卽位以來二十餘年喜的太平無事賴有賢相姚元之宋璟韓休張九齡同心致治寡人得遂安逸六宮嬪御雖多自武惠妃死後無當意者去年八月中秋夢遊月宮見嫦娥之貌人間少有昨壽邸楊妃絕類嫦娥已命爲女道士旣而取入宮中策爲貴妃居太眞院寡人自從太眞入宮朝歌暮宴無有虛日高力士你快傳旨排宴梨園子弟奏樂寡人消遣咱（高力士云）理會的（外扮張九齡押安祿山上詩云）調和鼎鼐理陰陽位列鵷班坐

省堂四海承平無一事朝朝曳履侍君王老夫張九齡是也南海人氏早登甲第荷聖恩直做到丞相之職近日邊帥張守珪解送失機蕃將一人名安祿山我見其身軀肥矮語言利便有許多異相若留此人必亂天下我今見聖人面奏此事早來到宮門前也（入見科）（云）臣張九齡見駕（正末云）卿來有何事（張九齡云）近日邊臣張守珪解送失機蕃將安祿山例該斬首未敢擅便押來請旨（正末云）你引那蕃將來我看（張九齡引安祿山見科）（云）

這就是失機蕃將安祿山(正末云)一員好將官也你武藝如何(安祿山云)臣左右開弓一十八般武藝無有不會能通六蕃言語(正末云)你這等肥胖此胡腹中何所有(安祿山云)惟有赤心耳(正末云)丞相不可殺此人留他做箇白衣將領(張九齡云)陛下此人有異相留他必有後患(正末云)卿勿以王夷甫識石勒留着怕做甚麽兀那左右放了他者(做放科)(安祿山起謝云)謝主公不殺之恩(做跳舞科)(正末云)這是甚麽(安祿山云)這是胡旋舞(旦)

云陛下這人又矬矮又會舞旋留着解悶倒好正
末云貴妃就與你做義子你領去旦云多謝聖恩
同安祿山下張九齡云國舅此人有異相他日必
亂唐室衣冠受禍不小老夫老矣國舅恐或見之
奈何楊國忠云待下官明日再奏務要屏除爲妙
正末云不知後宮中爲什麼這般喧笑左右可去
看來回話宮娥云是貴妃娘娘與安祿山做洗兒
會哩正末云既做洗兒會取金錢百文賜他做賀
禮就與我宣祿山來封他官職宮娥拏金錢下安

禄山上見駕科云謝陛下賞賜宣臣那廂使用正末云宣卿來不爲别卿既爲貴妃之子卽是朕之子白衣不好出入宫掖就加你爲平章政事者安禄山云謝了聖恩楊國忠云陛下不可不可安禄山乃失律邊將例當處斬陛下免其死足矣今給事宫庭已爲非宜有何功勲加爲平章政事况胡人狼子野心不可留居左右望陛下聖鑒張九齡云楊國忠之言陛下不可不聽正末云你可也説的是安禄山且加你爲漁陽節度使統領蕃漢兵

馬鎮守邊庭早立軍功不次陞擢（安祿山云）感謝
聖恩（正末云）卿休要怨寡人這是國家典制非輕
可也呵（唱）
【仙呂端正好】則爲你不曾建甚奇功便教你做元輔
滿朝中都指斥鑾輿眼見的平章政事難停住寡人
待定奪些些別官祿
【幺篇】且着你做節度漁陽去破強寇永鎮幽都休得
待國家危急纔防護常先事設權謀收猛將保皇圖
分鐵券賜丹書怎肯便辜負了你這功勞簿（同下）

安祿山云聖人回宮去了也我出的宮門來叵奈楊國忠這厮好生無禮在聖人前奏准着我做漁陽節度使明陞暗貶別的都罷只是我與貴妃有些私事一旦遠離怎生放的下心罷罷罷我這一去到的漁陽練兵秣馬別作箇道理正是畫虎不成君莫笑安排牙爪好驚人（下）

音釋

貔音疲　貅音休　覷音撥　軋音鴨　犖音落　璟音景

嬪音貧　鼐音奈　銼坐平聲　掖音亦　祿音路　謀音模

券音勸　辜音姑　叵音頗

第一折

〔旦〕扮貴妃引宮娥上〔云〕妾身楊氏弘農人也父親楊玄琰爲蜀州司戶開元二十二年蒙恩選爲壽王妃開元二十八年八月十五日乃主上聖節妾身朝賀聖上見妾貌類嫦娥令高力士傳旨度爲女道士住內太眞宮賜號太眞天寶四年册封爲貴妃半后服用寵幸殊甚將我哥哥楊國忠加爲丞相姊妹三人封做夫人一門榮顯極矣近日邊庭進一蕃將來名安祿山此人猾黠能奉承人意

又能胡旋舞聖人賜與妾爲義子出入宫掖不期我哥哥楊國忠看出破綻奏准天子封他爲漁陽節度使送上邊庭妾心中懷想不能再見好是煩惱人也今日是七月七夕牛女相會人間乞巧令節已曾分付宫娥排設乞巧筵在長生殿妾身乞巧一番宫娥乞巧筵設定不曾（宫娥云）已完備多時了（旦云）咱乞巧則箇（正末引宫娥挑燈拿砌末上云）寡人今日朝回無事一心只想着貴妃已令在長生殿設宴慶賞七夕内使引駕去來（唱）

〔仙呂八聲甘州〕朝綱倦整寡人待痛飲昭陽爛醉華清却是吾當有幸一箇太眞妃傾國傾城珊瑚枕上兩意足翡翠簾前百媚生夜同寢晝同行恰似鸞鳳和鳴

帶云寡人自從得了楊妃眞所謂朝朝寒食夜夜元宵也〔唱〕

〔混江龍〕曉來乘興一襟爽氣酒初醒鬆開了龍袍羅扣偏斜了鳳帶紅鞓侍女齊扶碧玉輦宮娥雙挑絳紗燈順風聽一派簫韶令〔內作吹打喧笑科〕〔正末云〕

是那裏這等喧笑（宮娥云）是太真娘娘在長生殿乞
巧排宴哩（正末云）衆宮娥不要走的響待寡人自看
去（唱）多管是胭嬌簇擁粉黛施呈
（油葫蘆）報接駕的宮娥且慢行親自聽上瑤堦那步
近前檻悄悄蹙蹙款把紗窗映撲撲簌簌風颭珠簾
影我恰待行打個嚏掙惟玉籠中鸚鵡知人性不住
的語偏明
（內作鸚鵡叫云）萬歲來了接駕（旦驚云）聖上來了
（做接駕科）（正末唱）

天下樂則見展翅忙呼萬歲聲驚的那娉婷將鑾駕迎一箇暈龐兒畫不就描不成行的一步步嬌生的一件件撐一聲聲似柳外鶯

（云）卿在此做甚麼（旦云）今逢七夕妾身設瓜果之會問天孫乞巧哩（正末看科云）排設的是好也（唱）

醉中天龍麝焚金鼎花蕚插銀缾小小金盆種五生供養着鵲橋會丹青幀把一箇米來大蜘蛛兒抱定攙奪盡六宮寵幸更待怎生般智巧心靈

（正末與旦砌末科云）這金釵一對鈿盒一枚賜與

卿者〔旦〕接科〔云〕謝了聖恩也〔正末唱〕

〔金盞兒〕我着絳紗蒙翠盤盛兩般禮物堪人敬趂着這新秋節令賜卿卿七寶金釵盟厚意百花鈿盒表深情這金釵兒教你高聳聳頭上頂這鈿盒兒把你另巍巍手中擎

〔旦云〕陛下這秋光可人妾待與聖駕亭下閒步一番〔正末做同行科〕〔唱〕

〔憶王孫〕瑤堦月色晃疎櫺銀燭秋光冷畫屏消遣此時此夜景和月步閒庭苔浸的凌波羅襪冷

〔云〕這秋景與四時不同〔旦云〕怎見的與四時不同

〔正末云〕你聽我說〔唱〕

〔勝葫蘆〕露下天高夜氣清風掠得羽衣輕香惹丁東環佩聲碧天澄淨銀河光瑩只疑是身在玉蓬瀛

〔旦云〕今夕牛郎織女相會之期一年只是得見一遭怎生便又分離也〔正末唱〕

〔金盞兒〕他此夕把雲路鳳車乘銀漢鵲橋平不甫能今夜成歡慶桃邊忽聽曉雞鳴却早離愁情脉脉別淚雨冷泠五更長嘆息則是一夜短恩情

旦云他是天宮星宿經年不見不知也曾相憶否
正末云他可怎生不想來唱
醉扶歸暗想那織女分牛郎命雖不老是長生他阻
隔銀河信杳冥經年度歲成孤另你試向天宮打聽
他決害了些相思病
旦云妾身得侍陛下寵幸極矣但恐容貌日衰不
得似織女長久也正末唱
後庭花偏不是上列着星宿名下臨着塵世生把天
上姻緣重將人間恩愛輕各辨着眞誠天心必應量

他每何足稱

（旦云）妾想牛郎織女年年相見天長地久只是如此世人怎得似他情長也（正末唱）

【金盞兒】咱日日醉霞觴夜夜宿銀屏他一年一日見把佳期等若論着多多爲勝咱也合贏我爲君王猶妄想你做皇后尚嫌輕可知道斗牛星畔客回首問前程

（旦云）妾蒙主上恩寵無比但恐春老花殘主上恩移寵衰使妾有龍陽泣魚之悲班姬題扇之怨奈

何（正末云）妃子你說那裏話（旦云）陛下請示私約以堅終始（正末云）咱和你去那處說話去（做行科）

（唱）

醉中天我把你半彈的肩兒凭他把箇百媚臉兒擎正是金闕西廂叩玉扃悄悄迴廊靜靠着這招綵鳳舞青鸞金井梧桐樹影雖無人竊聽也索悄聲兒海誓山盟

（云）妃子朕與卿盡今生偕老百年以後世世永爲夫婦神明鑒護者（旦云）誰是盟證（正末唱）

賺煞尾長如一雙鈿盒盛休似兩股金釵另頒世世姻緣注定在天呵做鴛鴦常比並在地呵做連理枝生月澄澄銀漢無聲說盡千秋萬古情咱各辦着志誠你道誰爲顯証有今夜度天河相見女牛星（同下）

音釋　琰炎上聲　黠音匣　鞓音汀　輦連上聲　挑上聲　黛音代　颭占上聲　曖音異　挣音争　暈音韵　幰争去聲　攙初銜切　盛平聲　鈿田去聲　欞音凌　瑩盈去聲　觥古橫切　嚲音朶　扃居名切

第二折

安祿山引衆將上云某安祿山是也自到漁陽操練蕃漢人馬精兵見有四十萬戰將千員如今明皇年已昏眊楊國忠李林甫播弄朝政我今只以討賊爲名起兵到長安搶了貴妃奪了唐朝天下纔是我平生願足左右軍馬齊備了麽衆將云都齊備了安祿山云着軍政司先發檄一道說某奉密旨討楊國忠等隨後令史思明領兵三萬先取潼關直抵京師成大事如反掌耳衆將云得令安祿山云今日天晚明日起兵詩云統精兵直指潼

楊柳月【】新慶

閼料唐家無計遮攔單要搶貴妃一個非專爲錦

綉江山同下正末引高力士鄭觀音抱琵琶寧王

吹笛花奴打羯鼓黄旛綽執板捧旦上正末云今

日新秋天氣寡人朝回無事妃子學得霓裳羽衣

舞同往御園中沉香亭下閒耍一番早來到也你

看這秋來風物好是動人也呵唱

【中呂粉蝶兒】天淡雲閒列長空數行征鴈御園中夏

景初殘柳添黄荷減翠秋蓮脱瓣坐近幽闌噴清香

玉簪花綻

〔帶云〕早到御園中也雖是小宴剗也整齊〔唱〕

〔叫聲〕共妃子喜開顏等閒等閒御園中列餚饌酒注嫩鵝黃茶點鷓鴣斑

〔醉春風〕酒光泛紫金鍾茶香浮碧玉盞沉香亭畔晚涼多把一搭兒親自揀揀粉黛濃粧管絃齊列綺羅相間

〔外扮使臣上詩云〕長安回望繡成堆山頂千門次第開一騎紅塵妃子笑無人知是荔枝來小官四川道差來使臣因貴妃娘娘好啖鮮荔枝遵奉詔

旨特來進鮮早到朝門外了宮官通報一聲說四川使臣來進荔枝(做報科)(正末云)引他進來(使臣見駕科云)四川道使臣進貢荔枝(正末看科云)妃子你好食此果朕特令他及時進來(旦云)是好荔枝也(正末唱)

【迎仙客】香噴噴味正甘嬌滴滴色初綻只疑是九重天謫來人世間取時難得後慳可惜不近長安因此上教驛使把紅塵踐

(旦云)這荔枝顏色嬌嫩端的可愛也(正末唱)

〔紅繡鞋〕不則向金盤中好看便宜將玉手擎餐端的個綷紗籠罩水晶寒爲甚教寡人醒醉眼妃子暈嬌顏物稀也人見罕

〔高力士云〕請娘娘登盤演一回霓裳之舞〔正末云〕依卿奏者〔正旦做舞科〕〔衆樂攛掇科〕〔正末唱〕

〔快活三〕囑付你仙音院莫怠慢道與你教坊司要迭辦把箇太眞妃扶在翠盤間快結束宜粧扮

〔鮑老兒〕雙撮得泥金衫袖挽把月殿裏霓裳按鄭觀音琵琶准備彈早搭上鮫綃襻賢王玉笛花奴羯鼓

韻美聲繁壽寧錦瑟梅妃玉簫嘹喨循環〔古鮑老〕屹刺刺撒開紫檀黃翻綽向前手拈板低低的吽聲玉環太眞妃笑時花近眼紅牙節趁五音擊着梧桐按嫩枝柯猶未乾更帶着瑤琴音泛卿呵你則索出幾點瓊珠汗

〔旦舞科〕〔正末唱〕

〔紅芍藥〕腰鼓聲乾羅襪弓彎玉佩丁東響珊珊即漸裏舞軃雲鬟施呈你蜂腰細燕體翻作兩袖香風拂散〔帶云〕卿倦也飲一盃酒者〔唱〕寡人親捧盃玉露甘

寒你可也莫得留殘拚着個醉醺醺直吃到夜靜更闌

（旦）飲酒科　淨扮李林甫上云小官李林甫是也見爲左丞相之職今早飛報將來說安祿山反叛軍馬浩大不敢抵敵只得見駕做見駕科　正末云丞相有何事這等慌促　李林甫云邊關飛報安祿山造反大勢軍馬殺將來了陛下承平日久人不知兵怎生是好　正末云你慌做甚麽　唱

剔銀燈止不過奏說邊庭上造反也合看空便覷遲

疾緊慢等不的俺筵上笙歌散可不氣丕丕冒突天顏那些個齊管仲鄭子產敢待做假忠孝龍逢比干(李林甫云)陛下如今賊兵已破潼關哥舒翰失守逃回目下就到長安了京城空虛決不能守怎生是好(正末唱)

【蔓菁菜】險些兒慌殺你箇周公旦(李林甫云)陛下只因女寵盛讒夫昌惹起這刀兵來了(正末唱)你道我因歌舞壞江山你常好是占姦早難道羽扇綸巾笑談間破強虜三十萬

〔云〕既賊兵壓境你衆官計議選將統兵出征便了〔李林甫云〕如今京營兵不滿萬將官衰老如哥舒翰名將尚且支持不住那一箇是去得的〔正末唱〕

〔滿庭芳〕你文武兩班空列些烏靴象簡金紫羅襴內中沒箇英雄漢掃蕩塵寰慣縱的箇無徒禄山沒揣的撞過潼關先敗了哥舒翰疑怪昨宵向晚不見烽火報平安

〔云〕卿等有何計策可退賊兵〔李林甫云〕安禄山部下蕃漢兵馬四十餘萬皆是一以當百怎與他拒

梧桐雨　雜劇　末

敵莫若陛下幸蜀以避其鋒待天下兵至再作計較（正末云）依卿所奏便傳旨收拾六宮嬪御諸王百官明日早起幸蜀去來（旦作悲科云）妾身怎生是好也（正末唱）

【普天樂】恨無窮愁無限爭奈倉卒之際避不得驀嶺登山鑾駕遷成都盼更那堪滻水西飛鴈一聲聲送上雕鞍傷心故園西風渭水落日長安（旦云）陛下怎受的這途路之苦（正末云）寡人也沒奈何哩（唱）

［啄木兒尾］端詳了你上馬嬌怎支吾蜀道難替你愁
那嵯峩峻嶺連雲棧自來驅馳可慣幾程兒捱得過
劒門關［同下］

音釋
毦毛去聲　瓣音扮　㗖音淡　䫄嘲去聲　襻音盼　羯音結
蒺精妻切　十繩知切　卒粗上聲　驀音陌　滻音産　嵯音磋
峩音蛾　棧音綻

第三折

［外扮陳玄禮上詩云］世受君恩統禁軍天顏喜怒
得先聞太平武備皆無用誰料狂胡起戰塵某右

梧桐雨　雜劇

龍武將軍陳玄禮是也昨因逆胡安祿山倡亂潼關失守昨日宰臣會議大駕暫幸蜀川以避其鋒今早飛報說賊兵離京城不遠聖主令某統領禁軍護駕軍馬點就多時專候大駕起行（正末引）（旦）及楊國忠高力士并太子扈駕郭子儀李光弼上（正末云）寡人眼不識人致令狂胡作亂事出急迫只得西行避兵好傷感人也呵（唱）

【雙調新水令】五方旗招颭日邊霞冷清清半張鑾駕鞭倦裊鐙慵踏回首京華一步步放不下

〔帶云〕寡人深居九重怎知閭閻貧苦也〔唱〕

駐馬聽隱隱天涯剩水殘山五六搭蕭蕭林下壞垣破屋兩三家秦川遠樹霧昏花灞橋衰柳風瀟灑煞不如碧牕紗晨光閃爍鴛鴦瓦

〔衆扮父老上云〕聖上鄉里百姓叩頭〔正末云〕父老有何話說〔衆云〕宮闕陛下家居陵寢陛下祖墓今捨此欲何之〔正末云〕寡人不得已暫避兵耳〔衆云〕陛下既不肯留臣等願率子弟從殿下東破賊取長安若殿下與至尊皆入蜀使中原百姓誰爲之

主（正末云）父老說的是左右宣我兒近前來者（太子做見科）（正末云）衆父老說中原無主留你東還統兵殺賊就令郭子儀李光弼爲元帥後軍分撥三千人跟你回去你聽我說（唱）

【沉醉東風】父老每忠言聽納教小儲君專任征伐你也合分取些社稷憂怎肯教別人把江山霸將這顆傳國寶你行留下（太子云）兒子只統兵殺賊豈敢便登天位（正末唱）勦除了賊徒救了國家更避甚稱孤道寡

（太子云）既爲國家重事，兒子領詔旨，率領郭子儀、李光弼回去也。（做辭駕科）（衆軍不行科）（正末背）

【慶東原】前軍疾行動，因甚不進發？（衆軍納喊科）一行人覷了皆驚怕，嗔忿忿停鞭立馬，惡嗽嗽披袍貫甲，明颩颩掣劍離匣，齊臻臻雁行班排，密匝匝魚鱗似亞。

（陳玄禮云）衆軍士說國有姦邪，以致乘輿播遷，君側之禍不除，不能歛戢衆志。（正末云）這是怎麽說？（唱）

〔步步嬌〕寡人呵萬里烟塵你也合嗟訝就勢兒把吾當謊國家又不曾虧你半掐因甚軍心有爭差問卿咱爲甚不說半句兒知心話

陳玄禮云楊國忠專權誤國今又與吐蕃使者交通似有反情請誅之以謝天下正末唱

〔沉醉東風〕據着楊國忠合該萬剮鬬的個祿山賊亂了中華是非寡人股肱難棄捨更兼與妃子骨肉相牽掛斷遣盡枉展污了五條刑法把他剥了官職貶做窮民也是陣殺[illegible]陳玄禮將軍鑒察

〔衆軍怒喊科〕〔陳玄禮云〕陛下軍心已變臣不能禁止如之奈何〔正末云〕隨你罷〔衆殺楊國忠科〕〔正末唱〕

〔鴈兒落〕數層鎗密匝匝一聲喊山摧塌元來是陳將軍號令明把楊國忠施行罷

〔衆軍仗劍擁上科〕〔正末唱〕

〔撥不斷〕語喧譁鬧交雜六軍不進屯戈甲把箇馬嵬坡簇合沙又待做甚麽諕的我戰欽欽遍體寒毛乍吃緊的軍隨印轉將令威嚴兵權在手主弱臣強卿

呵則你道波寡人是怕也那不怕
（云）楊國忠已殺了您衆軍不進却爲甚的（陳玄禮
（云）國忠謀反貴妃不宜供奉願陛下割恩正法（正
末唱）
（攪箏琶）高力士道與陳玄禮休沒高下豈可教妃子
受刑罰他見請受着皇后中宮兼踏着寡人御榻他
又無罪過頗賢達須不似周褒姒舉火取笑紂妲己
敲脛覷人早間把他個哥哥壞了總便有萬千不是
看寡人也合饒過他一地胡拿

高力士云貴妃誠無罪然將士已殺國忠貴妃在陛下左右豈敢自安願陛下審思之將士安則陛下安矣〔正末唱〕

風入松止不過鳳簫羯鼓間琵琶忽剌剌板撒紅牙假若更添箇么花十八那些兒是敗國亡家可知道陳後主遭着殺伐皆因唱後庭花

〔旦云〕妾死不足惜但主上之恩不曾報得數年恩愛教妾怎生割捨〔正末云〕妃子不濟事了六軍心變寡人自不能保〔唱〕

胡十八似恁地對咱多應來變了卦見俺留戀着他
龍泉三尺手中拿便不將他刺殺也將他嚇殺更問
甚陛下大古是知重俺帝王家
陳玄禮云願陛下早割恩正法旦云陛下怎生救
妾身一救正末云寡人怎生是好唱
落梅風眼兒前不甫能栽起合歡樹恨不得手掌裏
奇擎着解語花盡今生翠鸞同跨怎生般愛他看待
他忍下的教橫拖在馬嵬坡下
陳玄禮云祿山反逆皆因楊氏兄妹若不正法以

謝天下禍變何時得消望陛下乞與楊氏使大衆馬踏其尸方得憑信（正末云）他如何受的高力士引妃子去佛堂中令其自盡然後教軍士驗看（高力士云）有白練在此（正末唱）

【殿前歡】他是朵嬌滴滴海棠花怎做得鬧荒荒亡國禍根芽再不將曲彎彎遠山眉兒畫亂鬆鬆雲鬢堆鴉怎下的磣磕磕馬蹄兒臉上踏則將細裊裊咽喉搯早把條長攙攙素白練安排下他那裏一身受死我痛煞煞獨力難加

高力士云娘娘去罷悮了軍行旦回望科云陛下

好下的也正末云卿休怨寡人唱

沽美酒沒亂殺怎救拔沒奈何怎留他把死限俄延

了多半霎生各支勒殺陳玄禮鬧交加

高力士引旦下正末唱

太平令怎的教酩子裏題名單罵腦背後着武士金

瓜敎幾箇鹵莽的宮娥監押休將那軟款的娘娘驚

諕你呀見他問咱可憐見唐朝天下

高力士持旦衣上云娘娘已賜死了六軍進來看

覷陳玄禮率衆馬踐科〔正末做哭科〕云妃子閃殺
寡人也呵〔唱〕
〔三煞〕不想你馬嵬坡下今朝化沒指望長生殿裏當
時話
〔太清歌〕恨無情捲地狂風刮可怎生偏吹落我御苑
名花想他魂斷天涯作幾縷兒綵霞天那一箇漢明
妃遠把單于嫁止不過泣西風淚濕胡笳幾曾見六
軍廝踐踏將一箇尸首卧黃沙
〔正末做拿汗巾哭科云〕妃子不知那裏去了止留

下這箇汗巾兒好傷感人也（唱）

〔二煞〕誰收了錦纏聯窄面吳綾襪空感嘆這淚斑斕擁項鮫綃帕

〔川撥棹〕痛憐他不能勾水銀灌玉匣又沒甚綵爐宮娃拽布拖麻奠酒澆茶只索淺土兒權時葬下又不及選山陵將墓打

〔鴛鴦煞〕黃埃散漫悲風颯碧雲黯淡斜陽下一程程水綠山青一步步劍嶺巴峽唱道感嘆情多悽惶淚灑早得升遐休休却是今生罷這箇不得已的官家

哭上逍遥玉驄馬（同下）

音釋

慵音蟲　踏當加切　搭音打　垣音九　洒商鮓切　爍燒上聲

納囊亞切　代扶加切　發方雅切　歇音去聲　颩音磋　掣音徹

匣奚佳切　虢音夏　掐強雅切　法方雅切　殺雙鮓切　察抽鮓切

匝咱上聲　塌湯打切　雜音咱　甲江雅切　罰扶加切　榻湯打切

達當加切　八巴上聲　磣參上聲　拔邦佳切　霎雙鮓切　酪音若

押羊架切　刮音寡　襪忘罵切　[女監]音濫　娃音蛙　撒殺賈切

黯衣減切　峽奚佳切

第四折

高力士上云自家高力士是也自幼供奉内宫蒙主上擡舉加爲六宫提督太監往年主上悅楊氏容貌命某取入宫中寵愛無比封爲貴妃賜號太眞後來逆胡稱兵僞誅楊國忠爲名逼的主上幸蜀行至中途六軍不進右龍武將軍陳玄禮奏過殺了國忠禍連貴妃主上無可奈何只得從之縊死馬嵬驛中今日賊平無事主上還國太子做了皇帝主上養老退居西宫晝夜只是想貴妃娘娘今日教某掛起眞容朝夕哭奠不免收拾停當在

此伺候咱〔正末上云〕寡人自幸蜀還京太子破了逆賊即了帝位寡人退居西宮養老每日只是思量妃子教畫工畫了一軸真容供養着每日相對越增煩惱也呵〔做哭科唱〕

〔正宮端正好〕自從幸西川還京兆甚的是月夜花朝這半年來白髮添多少怎打疊愁容貌

〔么篇〕瘦岩岩不避羣臣笑玉叉兒將畫軸高挑荔枝花果香檀卓目覷了傷懷抱

〔做看真容科唱〕

滚繡毬　險些兒把我氣冲倒身謾靠把太真妃放聲高呌呌不應雨淚嚎咷這待詔手段高畫的來沒半星兒差錯雖然是快染能描畫不出沉香亭畔廻鸞舞花萼樓前上馬嬌一段兒妖嬈

倘秀才　妃子呵常記得千秋節華清宮宴樂七夕會長生殿乞巧誓願學連理枝比翼鳥誰想你乘綵鳳返丹霄命夭

帶云寡人越看越添傷感怎生是好唱

呆骨朶　寡人有心待蓋一座楊妃廟爭奈無權柄謝

位辭朝則俺這孤辰限難熬更打着離恨天最高在生時同衾枕不能勾死後也同棺槨誰承望馬嵬坡塵土中可惜把一朵海棠花零落了

帶云一會兒身子困乏且下這亭子去閒行一會

唱

【白鶴子】那身離殿宇信步下亭皐見楊柳裊翠藍絲芙蓉拆胭脂蕚

【幺】見芙蓉懷媚臉遇楊柳憶纖腰依舊的兩般兒點綴上陽宫他管一靈兒瀟灑長安道

〔么〕常記得碧梧桐陰下立紅牙筯手中敲他笑整縷金衣舞按霓裳樂〔么〕到如今翠盤中荒草滿芳樹下暗香消空對井梧陰不見傾城貌〔做歎科云〕寡人也怕閒行不如回去來〔唱〕

〔倘秀才〕本待閒散心追歡取樂倒惹的感舊恨天荒地老怏怏歸來鳳幃悄甚法兒捱今宵懊惱〔帶云〕回到這寢殿中一弄兒助人愁也〔唱〕

〔芙蓉花〕淡氤氳串烟裊昏慘刺銀燈照玉漏迢迢纔

是初更報曉覷清霄聆夢裏他來到却不道口是心苗不住的頻頻叫

〔帶云〕不覺一陣昏迷上來寡人試睡些兒〔唱〕

〔伴讀書〕一會家心焦懆四壁廂秋蟲鬧忽見掀簾西風惡遙觀滿地陰雲罩俺這裏披衣悶把幃屏靠業眼難交

〔笑和尚〕原來是滴溜溜遶閒堦敗葉飄疎刺刺剔落葉被西風掃忽魯魯風閃得銀燈爆廝琅琅鳴殿鐸撲簌簌動朱箔吉丁當玉馬兒向檐間鬧

〔做睡科〕唱

〔倘秀才〕悶打頦和衣臥倒軟兀剌方纔睡着〔旦上云〕妾身貴妃是也今日殿中設宴宮娥請主上赴席咱〔正末唱〕忽見青衣走來報道太真妃將寡人邀宴樂〔正末見旦科〕〔云〕妃子你在那裏來〔旦云〕今日長生殿排宴請主上赴席〔正末云〕分付梨園子弟齊備着〔旦下〕〔正末做驚醒科〕〔云〕呀元來是一夢分明夢見妃子却又不見了〔唱〕

〔雙鴛鴦〕斜軃翠鸞翹渾一似出浴的舊風標暎着雲

屏一半兒嬌好夢將成還驚覺半襟情淚濕鮫綃〔蠻姑兒〕懊惱窨約驚我來的又不是樓頭過鴈砌下寒蛩簷前玉馬架上金雞是兀那窻兒外梧桐上雨瀟瀟一聲聲灑殘葉一點點滴寒梢會把愁人定虐〔滚繡毬〕這雨呵又不是救旱苗潤枯草灑開花蕚誰望道秋雨如膏向青翠條碧玉梢碎聲兒必剝增百十倍歇和芭蕉子管裏珠連玉散飄千顆平白地瀽甕番盆下一宵惹的人心焦〔叨叨令〕一會價緊呵似玉盤中萬顆珍珠落一會價

響呵似玳筵前幾簇笙歌鬧一會價淸呵似翠岩頭一派寒泉瀑一會價猛呵似繡旗下數面征鼙操兀的不惱殺人也麽哥兀的不惱殺人也麽哥則被他諸般兒雨聲相聒噪

〔倘秀才〕這雨一陣陣打梧桐葉凋一點點滴人心碎了枉着金井銀牀緊圍遶只好把潑枝葉做柴燒鋸倒

帶云當初妃子舞翠盤時在此樹下寡人與妃子盟誓時亦對此樹今日夢境相尋又被他驚覺了

唱

【滚繡毬】長生殿那一宵轉迴廊說誓約不合對梧桐並肩斜靠儘言詞絮絮叨叨沉香亭那一朝按霓裳舞六么紅牙筯擊成腔調亂宮商鬧鬧炒炒是兀那當時歡會裁排下今日凄凉厮輳着暗地量度

【高力士云】主上這諸樣草木皆有雨聲豈獨梧桐

【正末云】你那裏知道我說與你聽者【唱】

【三煞】潤濛濛楊柳雨凄凄院宇侵簾幕細絲絲梅子雨粧點江干滿樓閣杏花雨紅濕闌干梨花雨玉容

寂寞荷花雨翠蓋翩翻豆花雨綠葉瀟條都不似你驚魂破夢助恨添愁徹夜連宵莫不是水仙弄嬌蘸楊柳洒風飄

〈二煞〉味味似噴泉瑞獸臨雙沼刷刷似食葉春蠶散滿箔亂灑瓊堦水傳宮漏飛上雕簷酒滴新槽直下的更殘漏斷枕冷衾寒燭滅香消可知道夏天不覺把高鳳麥來漂

〈黄鍾煞〉順西風低把紗窗哨送寒氣頻將繡戶敲莫不是天故將人愁悶攪度鈴聲響棧道似花奴羯鼓

調如伯牙水仙操洗黃花潤籬落漬蒼苔倒墻角渲湖山漱石竅浸枯荷溢池沼沾殘蝶粉漸消灑流螢焰不着綠窻前促織叫聲相近鴈影高催鄰砧處處擣助新涼分外早斟量來這一宵雨和人緊廝熬伴銅壺點點敲雨更多淚不少雨濕寒梢淚染龍袍不肯相饒共隔着一樹梧桐直滴到曉

音釋

嚎音豪　咷音逃　錯音草　樂音澇　榔姑卯切　那音挪
蕚音傲　樂姚去聲　氤音因　氳於君切　懆音竈　掀音軒
惡音襖　爆音報　鐸多勞切　箔巴毛切　着池燒切　翹音喬

覺音皎　窨音蔭　約音杳　蛩音窮　虐音要　烈音彼

剝音飽　瀽音蹇　落音澇　瀑音抱　叨音刀　炒平聲

輳倉救切　度多勞切　幕音冒　閣高上聲　寞音冒　蘸知濫切

味音床　漂音飄　哨雙罩切　瀆音惢　角音皎　渲疎選切

漱音嗽　籔巧去聲

題目　安祿山反叛兵戈舉
陳玄禮拆散鸞凰侶

正名　楊貴妃曉日荔枝香
唐明皇秋夜梧桐雨

梧桐雨終

金陵全書

丁編·文獻類

裴少俊墻頭馬上

（元）白樸 撰

南京出版社
南京出版傳媒集團

李千金月下花前
倣李息齋筆

裴少俊墻頭馬上

裴少俊墻頭馬上雜劇

元　白仁甫撰

明吳興臧晉叔校

第一折

（冲末扮裴尚書引老旦扮夫人上詩云）滿腹詩書七步才綺羅衫袖拂香埃今生坐享榮華福不是讀書那裏來老夫工部尚書裴行儉是也夫人栁氏孩兒少俊方今唐高宗卽位儀鳳三年自去年駕幸西御園見花木狠藉不堪遊賞奉命前往洛

陽不問權豪勢要之家選揀奇花異卉和買花栽子趂時栽接爲老夫年高奏過官裏敎孩兒少俊承宣馳驛代某前去自新正爲始得了六日宣限那的是老夫有福處少俊三歲能言五歲識字七歲草字如雲十歲吟詩應口才貌兩全京師人每呼爲少俊年當弱冠未曾娶妻不親酒色如今差他出去公幹萬無一失敎張千伏侍舍人在一路上休敎他胡行替俺買花栽子共來（下）（外扮李總管上云）老夫姓李雙名世傑乃李廣之後當今皇

上之族嫡親三口兒夫人張氏有女孩兒小字千金年方一十八歲尤善女工深通文墨志量過人容顏出世老夫前任京兆畱守因諷諫則天謫降洛陽總管老夫當初曾與裴尚書議結婚姻只爲宦路相左遂將此事都不提起了如今左司家勾喚我今日便行畱下夫人與孩兒緊守閨門待我回來另議親事未爲遲也（下）（正末扮裴舍人引張千上云）小生是工部尚書舍人裴少俊自三歲能言五歲識字七歲草字如雲十歲吟詩應口才貌

兩全京師人每呼爲少俊年當弱冠未曾娶妻惟
親詩書不通女色承宣馳驛前來洛陽不問權豪
勢要之家名園佳圃選揀奇花和買花栽子就用
一車裝送來日起程今日乃三月初八日上巳節
令洛陽王孫士女傾城翫賞張千喒每也同你看
去來下正旦扮李千金領梅香上云妾身李千金
是也今日是三月上巳良辰佳節是好春景也呵
梅香云小姐觀此春天眞好景致也正旦云梅香
你覷這圍屏上佳人才子士女王孫是好華麗也

〔梅香云〕小姐佳人才子爲甚都上屏障非同容易也呵〔正旦唱〕

【仙呂點絳唇】往日夫妻夙緣仙契多才藝倩丹青寫入屏闈眞乃是畫出個蓬萊意

〔梅香云〕小姐看這圍屏有個主意梅香猜着了也少一個女婿哩〔正旦唱〕

【混江龍】我若還招得個風流女婿怎肯教費工夫學畫遠山眉寧可教銀缸高照錦帳低垂菡萏花深鴛並宿梧桐枝隱鳳雙棲這千金良夜一刻春宵誰管

我衾單枕獨數更長則這半牀錦褥枉呼做鴛鴦被（梅香云）等老相公回來呵尋一門親事可不好也（正旦唱）流落的男遊別郡躭閣的女怨深閨（梅香云）小姐這幾日越消瘦了（正旦唱）

（油葫蘆）我爲甚消瘦春風玉一圍又不曾染病疾迎新來寬褪了舊時衣（梅香云）夫人道小姐不快時少做女工勝服湯藥（正旦唱）害的來不疼不痛難醫治吃了些些好茶好飯無滋味似舟中載倩女魂天邊盼織女期這些些時困騰騰每日家貪春睡看時節針線

強收拾

〔天下樂〕我可便提起東來忘了西（梅香云）昨日幾家來問親小姐不語怎麽（正旦唱）喒萱堂又覷着面皮至如箇窮人家女孩兒到十六七或是誰家來問親那家來做媒你教女孩兒羞荅荅說甚的

（梅香云）今日上巳王孫士女寶馬香車都去郊外翫賞去了喒兩個去後花園內看一看來（正旦云）梅香將着紙墨筆硯喒去來（做行科）（正旦唱）

〔那吒令〕本待要送春向池塘草萋我且來散心到荼

蘼架底我待教寄身在蓬萊洞裏蹙金蓮紅繡鞋蕩湘裙鳴環珮轉過那曲檻之西

【鵲踏枝】怎肯道負花期惜芳菲粉悴胭憔他綠暗紅稀九十日春光如過隙怕春歸又早春歸

【寄生草】柳暗青烟密花殘紅雨飛這人人和柳渾相類花心吹得人心碎柳眉不轉蛾眉繫爲甚西園陡恁景狼籍正是東君不管人憔悴

【么篇】榆散青錢亂梅攢翠豆肥輕輕風趁蝴蝶隊霏霏雨過蜻蜓戲融融沙暖鴛鴦睡落紅踏踐馬蹄塵

殘花醖釀蜂兒蜜

（裴舍騎馬引張千上云）方信道洛陽花錦之地休道城中有多少名園（做點花本科云）你覷這一所花園（做見旦驚科云）一所花園呀一個好姐姐（正旦見末科云）呀一個好秀才也（唱）

【金盞兒】兀那畫橋西猛聽的玉驄嘶便好道杏花一色紅千里和花掩映美容儀他把烏靴挑寶鐙玉帶束腰圍眞乃是能騎高價馬會着及時衣

（正末云）你看他霧鬢雲鬟冰肌玉骨花開楣臉星

轉雙眸只疑洞府神仙非是人間艷冶（梅香云）小姐你聽來（正旦唱）

（後庭花）休道是轉星眸上下窺恨不的倚香腮左右偎便錦被翻紅浪羅裙作地席（梅香云）小姐休看他倘有人看見（正旦唱）既待要暗偷期咱先有意愛別人可捨了自己

（梅香云）小姐你却顧盼他他可不顧盼你哩（張千上云）舍人休要惹事咱城外去看來（做催科）（裴舍云）四目相覷各有眷心從今已後這相思須害也

張千做催打馬科云舍人去罷裴舍云如此佳麗美人料他識字寫個簡帖兒嘲撥他張千將紙筆來看他理會的麽做寫科云張千將這簡帖兒與那小姐去張千云舍人使張千去若有人撞見這頓打可不善也裴舍云我教你有人若問呵則說俺買花栽子不妨事若見那小姐說俺舍人教送與你張千云舍人我去裴舍云那小姐喜歡你便招手喚我我便來若是搶白你便擺手我便走張千云我知道做見旦科云小姐你這後花園裏有

賣花栽子麽〔梅香云〕這裏花栽子誰要買〔張千云〕俺那舍人要買〔做招手裴舍望科云〕謝天地事已諧矣〔梅香做叫科云〕小姐那兩個人拿過一張兒紙來不知寫甚麽小姐看咱〔正旦做念詩科云〕只疑身在武陵遊流水桃花隔岸羞咫尺劉郎腸已斷爲誰含笑倚墻頭梅香將紙筆來〔做寫科云〕梅香我央你咱你勿阻我將這一首詩送與那舍人〔梅香云〕小姐教我送這詩與誰去也詩中意怎生見那秀才道甚的則怕有人撞見怎了〔正旦云〕好

姐姐你與我走一遭去〔梅香云〕你往常打我罵我
今日爲甚的央我着我寄與誰〔正旦唱〕
〔么篇〕你道是情詞寄與誰我道來新詩權作媒我映
麗日墻頭望他怎肯袖春風馬上歸怕的是外人知
你便叫天叫地哎小梅香好不做美
〔梅香云〕這簡帖我送與老夫人去〔正旦云〕梅香我
央及你要告老夫人呵可怎了〔梅香云〕你慌麽〔正
旦云〕可知慌哩〔梅香云〕你怕麽〔正旦云〕可知怕哩
〔梅香云〕我鬭你耍哩〔正旦云〕則被你諕殺我也〔梅

香送裴舍科云俺小姐上覆舍人看這首詩咱裴舍看科詩云深閨拘束暫閒遊手撚青梅半掩羞莫負後園今夜約月移初上柳梢頭千金作這小姐有傾城之態出世之才可爲囊篋寶玩梅香云俺小姐道來今夜後園中赴期休得失信裴舍云張千俺打那裏過去張千云跳墻過去梅香轉向旦云小姐他待跳墻來也正旦唱

賺煞這一堵粉墻兒低這一帶花陰兒密與你個在客的劉郎說知雖無那流出胡麻香飯水比天台山

到逕抄直莫疑遲等的那斗轉星移休教這印蒼苔的凌波襪兒濕將湖山困倚把角門兒虛閉這後花園權做武陵溪(下)

(裴舍云)慚愧這一場喜事非同小可只等的天晚便好赴約去也(詩云)偶然間兩相窺望引逗的春心狂蕩今夜裏早赴佳期成就了墻頭馬上(下)

(音釋)菡含去聲　萏音淡　疾精妻切　褪吞去聲　倩阡去聲　拾繩知切　七倉洗切　的音底　荼音徒　蘼音梅　隙音喜　密忙閉切　藉精妻切　蝶音爹　醞音韻　釀尼降切　蜜忙閉切　蓆星西切

嘲之稍切　撚奴典切　篋丘乜切　直征移切　濕傷以切　逗音豆

第二折

〔夫人同老旦嬷嬷上云〕老身是李相公夫人相公左司家喚的去了不見回來今日老身東閣下探妗子回來身子有些不快天色晚也梅香綉房中道與小姐休教他出來嬷嬷收拾前後我歇息去也〔下〕〔裴舍上云〕我回到這館驛安下心中悶倦那裏有心去買花栽子巴不得天晚了也我如今與小姐赴期去來〔下〕〔正旦同梅香上云〕今月因去後

園中看花墻頭見了那生四目相覷各有此心將一個簡帖兒約今夜來赴期我回到綉房中梅香不知夫人睡去也不曾(梅香云)我去看來(正旦做睡梅香推科云)小姐小姐(正旦醒科云)我正好做夢哩(梅香云)你夢見甚麽來(正旦唱)

【南呂一枝花】睡魔纏繳得慌别恨禁持得煞離魂隨夢去幾時得好事遂人來一見了多才口兒裏念心兒裏愛合是姻緣簿上該則爲畫眉的張敞風流擲果的潘郎稔色

（梅香云）今夜好歹來也則管裏作念的眼前活現

（正旦唱）

梁州第七早是抱閑怨時乖運蹇又添這害相思月值年災（帶云）休道是我（唱）天若知道和天也害（云）梅香這早晚多早晚也（梅香云）是申牌時候了（正旦唱）幾時得月離海嶠纔則是日轉申牌（梅香云）小姐日頭下去了一天星月出來了（正旦唱）怕露驚宿鳥風弄庭槐看銀河斜映瑤階都不動纖細塵埃月也你本細如弓一半兒蟾蜍却休明如鏡照三千世界冷

如氷浸十二瑤臺禁鑪珊靄把剔團圞明月深深拜你方便我無碍深拜你個嫦娥不妬色你敢且半霎兒霧鎖雲埋

梅香云這場事也非容易哩 正旦唱

教羊闘待月簾微簌迎屈戶半開你看這場風月規劃 梅香云怎生規劃 正旦云你與我接去 梅香云怕他不來倒教我去接他 正旦唱 就着這風送花香雲籠月色 梅香云小姐爲甚麽着我接他去 正旦唱 你道爲甚着你個丫嬛迎少俊我則怕似趙杲送曾哀

梅香云這裏綫也似一條直路怕他迷了道兒正旦唱

你道方徑直如線我道侯門深似海 梅香云你兩個頭目自說話來正旦唱

罵玉郎相逢正是花溪側也須穿短巷過長街 梅香云到那裏便喚你來正旦唱 又不比秦樓夜讌金釵客這的擔着利害把你那小性格且寧奈

感皇恩喒這大院深宅幽砌閒階不比操琴堂沽酒舍看書齋 梅香云遲又不是疾又不是怎生可是正旦唱 教你輕分翠竹款步蒼苔休驚起庭鴉喧鄰犬

吠怕唲公來

〔梅香云〕小姐這來時可着多早晚也〔正旦唱〕

〔採茶歌〕把粉墻兒挨角門兒開等夫人燒罷夜香來月色朦朧天色晚鼓聲纔動角聲哀

〔梅香云〕我說與你夫人已睡了也一准不來了令夜嬷嬷又在前面守着庫房門哩天色晚了我點上燈就接姐夫去〔裴舍引張千上云〕張千休大驚小怪的你只在墻外等着〔做跳墻見科云〕梅香我來了也〔梅香云〕我說去小姐姐夫來了也你兩個

說話我門首看着裴舍云小生是個寒儒小姐不棄小生殺身難報正旦云舍人則休負心唱

隔尾我推粘翠靨遮宮額怕綽起羅裙露繡鞋我忙忙扯的鴛鴦被兒蓋翠冠兒懶摘畫屏兒緊挨是他撒滯殢把香羅帶兒解

嬤嬤上云這早晚小姐房裏有人說話在窗下聽咱呀果然有人我去覷破他梅香云小姐吹滅了燈嬤嬤來也嬤嬤云吹滅了燈我聽的多時了也你待走那裏去裴舍同旦做跪科正旦云是做下

來也怎見父母妳妳可憐見你放我兩個私走了
罷至死也不敢忘你（嬷嬷云）兀的是不出嫁的閨
女教人營勾了身軀可又隨着他去這漢子是誰
家的（裴舍云）小生是客寄書生乞容寬恕（嬷嬷云）
俺這裏不是贏姦買俏去處（正旦唱）
【紅芍藥】他承宣馳驛奉官差來這裏和買花栽又不
是瀛州方丈接蓬萊遠上天台比畫眉郎多氣槩驟
青驄踏斷章臺（嬷嬷云）都是這梅香小奴才勾引來
的（正旦唱）枉罵他偷寒送煖小奴才要這般當面搶

白

(嬤嬤云)不是這奴胎是誰(正旦唱)

【菩薩梁州】是這墻頭擲果裙釵馬上搖鞭狂客說與你箇聰明的妳妳送春情是這眼去眉來(嬤嬤云)好可羞也那不羞眼去眉來倒與真姦真盜一般敎官司問去(正旦唱)則這女娘家直恁性兒乖我待捨殘生還却鴛鴦債也謀成不謀敗是今日且停嗔過後改怎做的姦盜拏獲

(嬤嬤云)你看上這窮酸餓醋甚麽好(正旦唱)

【牧羊關】龍虎也招了儒士神仙也聘與秀才何況咱是濁骨凡胎一箇劉向題倒西嶽靈祠一箇張生煮滚東洋大海却待要宴瑤池七夕會便銀漢水兩分開委實這烏鵲橋邊女捨不的斗牛星畔客（嬤嬤云）家醜事不可外揚兀那漢子我將你拖到官中不道的饒了你哩（裴舍云）嬤嬤你要了我買花栽子的銀子教梅香喚將我來喒就和你見官去來（正旦唱）

【三煞】不肯教一牀錦被權遮葢可不道九里山前大

會垓繡房裏血泊浸尸骸解下這摟帶裙刀爲你逼的我緊也便自傷殘害顛倒把你娘來賴〔梅香云〕你要他這秀才的銀子敎我去喚將他來便見夫人也則實說〔嬤嬤云〕夫人也不信〔正旦唱〕你則是拾的孩兒落的捽你待致命圖財

〔二煞〕我怎肯掩殘粉淚橫眉黛倚定門兒手托腮山長水遠幾時來且休說度歲經年只一夜冰消瓦解恁時節知他是和尚在鉢盂在他憑着滿腹文章七步才管情取日轉千堦

〔嬤嬤云〕親的則是親若夫人變了心可不枉送我這老性命我如今和你商量隨你揀一件做第一件且教這秀才求官去再來取你不着嫁了別人第二件就今夜放你兩個走了等這秀才得了官那時依舊來認親〔正旦云〕嬤嬤只是走的好〔唱〕

黄鍾尾他折一枝丹桂羣儒駭怎肯十謁朱門九不開〔嬤嬤云〕若以後泄漏出些風聲枉壞了一世前程拆散了一雙佳配常言道一歲使長百歲奴我躭着利害放您則要一路上小心在意者〔正旦云〕母親年

高恁生割捨（嬤嬤云）夫人處有我在此你自放心去罷（正旦同裴謝科）（正旦唱）不是我敢爲非敢作歹他也有風情有手策你也會圓成會分解我也肯過從肯躭待便鎖在空房嫁在鄉外你道父母年高老邁那裏有女孩兒共爺娘相守到頭白女孩兒是你十五歲寄居的堂上客（同裴舍梅香下）

（嬤嬤云）他每去也若夫人問時說個謊道不知怎生走了料夫人必然不敢聲揚等待他日後再來認親也未遲哩（下）

音釋

妗巨禁切　煞音晒　色篩上聲　蹻喬去聲　蟾池髯切　蜍音除
霎音殺　簌音速　劃胡乖切　杲音稿　側齋上聲　客音楷
宅池齋切　靨於協切　額崖去聲　摘齋上聲　襪音賦　紵上聲
白巴埋切　獲胡乖切　摟婁上聲　捽音洒　黛音代　篆斂上聲
過平聲

第三折

（裴尚書上云）自從少俊去洛陽買花栽子回來今經七年老夫常是公差多在外少在裏且喜少俊頗有大志每日只在後花園中看書直等功名成

就乃纔娶妻今日是清明節令老夫待親自上墳去柰畏風寒教夫人和少俊替祭祖去咱下裴舍引院公上云自離洛陽同小姐到長安七年也得了一雙兒女小廝兒叫做端端女兒喚做重陽端端六歲重陽四歲只在後花園中隱藏不曾叅見父母皆是院公伏侍連宅裏人也不知道今日清明節令父親畏風寒我與母親郊外墳塋中祭奠去院公在意照顧怕老相公撞見院公云哥哥一歲使長百歲奴這宅中誰敢題起個李字若有一

些差失如同那趙盾便有災難老漢就是靈輒扶輪王伯當與李密疊尸爲人須爲徹休道老相公不來便來呵老漢憑四方口調三寸舌也說將回去我這是蒯文通李左車哥哥你放心倚着我呵萬丈水不教泄漏了一點兒（裴舍云）若無疎失回家多多賞你（下）（正旦引端端重陽上云）自從跟了舍人來此呵早又七年光景得了一雙兒女過日月好疾也呵（唱）

【雙調新水令】數年一枕夢莊蝶過了些不明白好天

良夜想父母關山途路遠魚鴈信音絕爲甚感嘆咨嗟甚日得離書舍

〔駐馬聽〕憑男子豪傑平步上萬里龍庭雙鳳闕妻兒眞烈合該得五花官誥七香車也強如帶滿頭花向午門左右把狀元接也強如掛拖地紅兩頭來往交媒謝令日箇改換別成就了一天錦繡佳風月

〔云〕我掩上這門看有甚人來此〔院公持掃箒上云〕哥哥祭奠去了嫂嫂根前回復去咱〔見科云〕嫂嫂舍人祭奠去了院公特地說與嫂嫂得知〔正旦云〕

院公可要在意者則怕老相公撞將來（院公云）老漢有句話敢説麽今日清明節有甚節令酒果把些與老漢吃飽了只在門首坐着看有甚的人來（旦與酒肉吃科院公云）夜來兩個小使長把墻頭上花都折壞了今日休教出來只教書房中耍則怕老相公撞見（正旦唱）

【青哥兒】當攔的便去攔我把你個院公謝想昨日被棘針都把衣袂扯將孩兒指尖兒都撾破也（端端云）妳妳我接爹爹去來（正旦云）還未來哩（唱）

么篇便將毬棒兒撇不把膽瓶藉你哥哥這其間未是他來時節怎抵死的要去接

(院公云)我門口去吃了一瓶酒一分節食覺一陣昏沉倚着湖山睡些兒咱(端端打科)(院公云)謊殺人也小爺爺你要到房裏耍去(又睡科重陽打科(院公云)小妳妳女孩家這般劣(又睡科二人齊打介)(院公云)我告你去也快書房裏去(裴尚書引張千上云)夫人共少俊祭奠去了老夫心中悶倦後花園內走一遭去看孩兒做下的功課咱(見院公

云這老子睡着了做打科院公做醒着帚箒打科
云打你娘那小廝做見慌科尚書云這兩個小的
是誰家端端云是裴家尚書云是那個裴家重陽
云是裴尚書家院公云誰道不是裴尚書家花園
小弟子還不去重陽云告我爹爹妳妳說去院公
云你兩個採了花木還道告你爹爹妳妳去跳起
恁公公來也打你娘兩人走科院公云你兩個不
投前面走便往後頭去二人見旦科云我兩人接
爹爹去見一老爹問是誰家的正旦云孩兒也我

教你休出去兀的怎了(尚書做意科云)這兩個小
的不是尋常之家這老子其中有詐我且到堂上
看來(正旦唱)
(旦)葉兒接不着你哥哥正撞見你爺爺魄散魂消腸
慌腹熱手腳麞狂去不迭相公把拄杖掂詳院公把
掃箒支吾孩兒把衣袂擻者
(尚書云)咱房裏去來(到書房正旦掩門科)(尚書云)
更有誰家個婦人(院公云)這婦人折了俺花在這
房內藏來(正旦唱)

掛玉鉤小業種把攏門掩上些道不的跳天撅地十分劣被老相公親向園中撞見者諕的我死臨侵地難分說（尚書云）拿的芙蓉亭上來（正旦唱）氤氳的臉上羞撲撲的心頭怯喘似雷轟烈似風車

（院公云）這婦人折了兩朵兒花怕相公見躲在這裏合當饒過教家去（正旦云）相公可憐見妾身是少俊的妻室（尚書云）誰是媒人下了多少錢財誰主婚來（旦做低頭科）（尚書云）這兩個小的是誰家（院公云）相公不合煩惱合歡喜這的是不曾使一

分財禮得這等花枝般媳婦兒一雙好兒女合做一個大筵席老漢買羊去大嫂請回書房裏去者（尚書怒科云）這婦人決是娼優酒肆之家（正旦云）妾是官宦人家不是下賤之人（尚書云）噤聲婦人家共人淫逩私情來往這罪過逢赦不赦送與官司問去打下你下半截來（正旦唱）

（沽美酒）本是好人家女艷冶便待要興詞訟發文牒送到官司遭痛決人心非鐵逢赦不該赦

（太平令）隨漢走怎說三貞九烈勘姦情八棒十挾誰

識他歌臺舞榭甚的是茶房酒舍相公便把賤妾攜
折下截道不是風塵烟月
（尚書云）則打這老漢他知情（張千云）這個老子從
來會勾大引小（院公云）相公七年前舍人哥哥買
花栽子時都是這廝搬大引小着舍人刁將來的
（張千云）老子攀下我來也（尚書云）是了敢這廝也
知情（正旦唱）
川撥棹賽靈輒蒯文通李左車都不似季布喉舌王
伯當尸疊更做道向人處無過背說是和非須辯別

尚書云喚的夫人和少俊來者夫人裴舍上見科尚書云你與孩兒通同作弊亂我家法夫人云老相公我可怎生知道尚書云這的是你後園中七年做下功課我送到官司依律施行者裴舍云少俊是卿相之子怎好爲一婦人受官司凌辱情願寫與休書便了告父親寬恕正旦唱

七弟兄是那些劣懒痛傷嗟也時乖運蹇遭磨滅氷淸玉潔肯隨邪怎生的拆開我連理同心結

尚書云我便似八烈周公俺夫人似三移孟母都

因爲你個淫婦枉壞了我少俊前程辱沒了我裴家上祖兀那婦人你聽者你既爲官宦人家如何與人私逩昔日無鹽採桑於村野齊王車過見了欲納爲后同車而無鹽曰不可禀知父母方可成婚不見父母即是私逩呸你比無鹽敗壞風俗做的個男遊九郡女嫁三夫（正旦云）我則是裴少俊一個（尚書怒云）可不道女慕貞潔男效才良聘則爲妻奔則爲妾你還不歸家去（正旦云）這姻緣也是天賜的（尚書云）夫人將你頭上玉簪來你若天

賜的姻緣問天買卦將玉簪向石上磨做了針兒一般細不折了便是天賜姻緣若折了便歸家去也（正旦唱）

【梅花酒】他毒腸狠切丈夫又軟揣些些相公又惡噷噷乖劣夫人又吽丫丫似蝎蜇你不去望夫石上變化身築墳臺上立個碑碣待教我謾慵慵愁萬縷悶千疊心似醉意如呆眼似瞎手如瘸輕拈掇慢拿捻

【收江南】呀玷玎璫掂做了兩三截有鸞膠難續玉簪折則他這夫妻兒女兩離別總是我業徹也強如參

辰日月不交接

（尚書云）可知道玉簪折了也你還不肯歸家去再取一個銀壺瓶來將着遊絲兒繫住到金井内汲水不斷了便是夫妻瓶墜簪折便歸家去（正旦云）可怎了也（唱）

【鴈兒落】似陷人坑千丈穴勝滾浪千堆雪恰纔石頭上損玉簪又教我水底撈明月

【德勝令】冰絃斷便情絕銀瓶墜永離別把幾口兒分兩處（尚書云）隨你再嫁別人去（正旦唱）誰更待雙輪

碾四轍戀酒色淫邪那犯七出的應搻捨享富貴豪奢這守三從的誰似妾〔尚書云〕既然簪折瓶墜是天着你夫妻分離着這賊醜生與你一紙休書便着你歸家去少俊你只今日便與我收拾琴劍書箱上朝求官應舉去將這一兒一女收留在我家張千便與我趕離了門者〔下〕〔裴舍與旦休書科〕〔正旦云〕少俊端端重陽則被你痛殺我也〔唱〕

【沉醉東風】夢驚破情緣萬結路迢遥烟水千疊常言

道有親娘有後爺無親娘無疼熱他要送我到官司
是盡豪傑多謝你把一雙幼女癡兒好覷者我待信
拖拖去也
〔云〕端端重陽兒也你曉事些兒個我也不能勾見
你了也〔唱〕
〔甜水令〕端端共重陽他須是你裴家枝葉孩兒也啼
哭的似癡呆這須是我子母情腸廝牽廝惹兀的不
痛殺人也
〔折桂令〕果然人生最苦是離別方信道花發風篩月

滿雲遮誰更敢倒鳳顛鸞撩蜂剔蝎打草驚蛇壞了咱墻頭上傳情簡帖折開咱柳陰中鶯燕蜂蝶兒也咨嗟女又攔截既瓶墜簪折咱義斷恩絕

（張千）（云）娘子你去了罷老相公便着我回話哩（正）

（旦）（云）少俊你也須送我歸家去來（唱）

（鴛鴦煞）休把似殘花敗柳冤仇結我與你生男長女填還徹指望生則同衾死則共穴唱道題柱胸襟當壚的志節也是前世前緣今生今業少俊呵與你乾駕了會香車把這個沒氣性的文君送了也（下）

裴舍云父親你好下的也一時間將俺夫妻子父分離怎生是好張千與我收拾琴劒書箱我就上朝取應去一面瞞着父親悄悄送小姐回到家中料也不妨詩云正是石上磨玉簪欲成中央折井底引銀瓶欲上絲繩絕兩者可奈何似我今朝別果若有天緣終當做瓜葛下

音釋

絕藏靴切　傑其耶切　闕區也切　烈郎夜切　接音姐　別邦耶切
月魚夜切　撾莊瓜切　撇偏也切　藉音謝　節音姐　迭音爹
掂店平聲　劣閭夜切　說書惹切　怯丘也切　轟音烘　牒音爹

決居也切　鐵湯也切　挾希耶切　妾音且　折繩遮切　截藏斜切
輒張蛇切　舌繩遮切　疊音爹　別邦也切　撇邦也切　滅迷夜切
結饑也切　切音且　啜音去聲　蜇音者　碣其耶切　呆音爺
竊巨靴切　捻尼夜切　徹昌惹切　繫音記　穴胡靴切　雪須也切
轍張蛇切　熱仁蔗切　業音夜　帖湯也切　業音夜

第四折

（正旦引梅香上云）自從裴少俊將我休棄了回到洛陽父母雙亡遺下幾個使數和那宅舍莊田依還的享用富貴不盡則是撇下一雙兒女又不知

少俊應舉去得官也不曾好傷感人也（唱）

中呂粉蝶兒簾捲蝦鬚冷清清綠窗朱戶門般我獨自離居落可便想金枷思玉鎖風流的牢獄 內做鳥鳴科（唱）

誰教你飛出巴蜀叫離人不如歸去

醉春風家萬里夢蝴蝶月三更聞杜宇則兀那墻頭馬上引起歡娛怎想有這場苦苦都則道百媚千嬌送的人四分五落兩頭三緒

裴舍上詩云親捧丹書下九重路人爭識五花驄想來全是文章力未必家門積善功小官裴少俊

自從上朝取應一舉狀元及第就除洛陽縣尹之職來到這洛陽城我且換了衣服跟尋我那李千金小姐去問人來則這裏便是李總管家府門首兀的不是梅香小姐在家麽（梅香見科云）我則做不知我這裏有甚麽小姐這個漢子不達時務你這裏立地我家去也（見旦科云）你歡喜也姐夫在門首（正旦云）這妮子又胡說果然是他你看他穿着甚麽衣服哩（梅香云）他穿着秀才的衣服小姐真個我不說謊（正旦云）可怎生穿着秀才衣服（旦

滿庭芳 長安應舉羞歸故里懶覩鄉閭他那裏談天口噴珠玉一刻的者也之乎他那三昧手能修手模讀五車書貫會篇休書教齋長休題柱想他人有怨語兀的不笑殺漢相如

裴舍云梅香進去了就不出來我自過去（欲見旦科云小姐間别無恙今日還來尋你依舊和你相好重做夫妻合正旦云裴少俊你是説甚麼話（唱

普天樂 你待結綢繆我怕遭刑獄我人心似鐵他官法如爐你娘並無那子母情你爺怎肯相憐顧問的

箇下惠先生無言語他道我更不賢達敗壞風俗怎做家無二長男遊九郡女嫁三夫〔裴舍云〕小姐我如今得了官也我父親致仕閒居我特來認你我就在此處爲縣尹〔正旦唱〕

〔迎仙客〕你封爲三品官列着八椒圖你父親告致仕却離了京兆府吏部裏注定遷移戶部裏差罷了俸祿枉教他遥授着尚書則好教管着那普天下姻緣簿

〔裴舍云〕我則今日就搬將行李來〔正旦云〕我這裏

住不的〔唱〕
石榴花常言道好客不如無搶出去又何如我心中意氣怎消除你是睿付負與何辜既爲官怎臉上無羞辱〔裴舍云〕我與你是兒女夫妻怎麽不認我〔正旦唱〕你道我不識親疎雖然是眼中沒的珍珠處也須知略辯個賢愚〔裴舍云〕這是我父親之命不干我事〔正旦唱〕
鬭鵪鶉一個是八烈周公一個是三移孟母我本是好人家孩兒不是娼人家婦女也是行下春風望夏

雨待要做眷屬枉壞了少俊前程辱沒了你裴家上祖

（裴舍云）小姐你是個讀書聰明的人豈不聞子甚宜其妻父母不悅出子不宜其妻父母曰是善事我則行夫婦之禮焉終身不衰（正旦云）裴少俊你是不知聽我說與你咱（唱）

【上小樓】恁母親從來狠毒恁父親偏生嫉妒治國忠直操守廉能可怎生做事糊突幸得個鸞鳳交琴瑟諧夫妻和睦不似你裴尚書替兒嫌婦

尚書引夫人端端重陽上云老夫裴尚書我問人來這便是李總管家府裏聽的少俊孩兒得了官授本處縣尹媳婦兒不肯認他我引着兩個孩兒同老夫人可早來到也左右報復去道裴尚書在於門首祗候報科裴舍云呀父親在門首我接去父親你孩兒得了官也授本處縣尹媳婦不肯相認道我當初休了他來尚書云孩兒在那裏見旦科云兒也誰知道你是李世傑的女兒我當初也曾議親來誰知道你暗合姻緣你可怎生不說你

是李世傑的女兒我則道你是優人娼女我如今和夫人兩個孩兒牽羊擔酒一徑的來替你陪話可是我不是了左右將酒來你滿飲此一盃（正旦唱）

么篇 他把酒盞兒擎我便把認字兒許（夫人云）你看我的面皮我替你擡舉的兩個孩兒偌大也你認了俺者（端端重陽云）妳妳你認了俺者（正旦唱）赤緊的陶母熬煎曾參錯見太公跋扈一個兒一個女都一時啼哭（帶云）哎兒則被你想殺我也（唱）須是俺斷不

了子母腸肚

（尚書云）哎你認了我罷（正旦云）你你了我我斷然不認（尚書云）你既不認引着孩兒回去端端重陽悲云妳妳你好狠也則被你痛殺我也你若不認要我兩個性命怎的我兩個死了罷（正旦云）我待不認來呵不干你兩個事罷罷罷我認了罷公公婆婆你受媳婦幾拜（尚書云）既是孩兒認了將酒來我與你慶喜你滿飲一盃者（正旦拜受科）（唱）

十二月這是你自來的媳婦今日參拜公姑索甚擎

壺執盞又怕是定計鋪謀猛見了玉簪銀瓶不由我不想起當初（堯民歌）呀只怕簪折瓶墜寫休書（尚書云）孩兒舊話休題（正旦唱）他那裏做小伏低勸芳醑將一盃滿飲醉模糊（裴舍云）小姐須索歡喜咱（正旦唱）有甚心情笑歡娛躊也波蹰賊兒膽底虛又怕似趕我歸家去（尚書云）孩兒也您當初等我來問親可不好你可喃着我私奔來宅內你又不說是李世傑女兒（正旦云）父親自古及今則您孩兒私奔哩（唱）

耍孩兒告爹爹妳妳聽分訴不是我家醜事將今喻古只一個卓王孫氣量捲江湖卓文君美貌無如他一時竊聽求凰曲異日同乘駟馬車也是他前生福怎將我墻頭馬上偏輸却沽酒當壚

煞尾今日個五花誥准應言七香車談笑取願普天下姻眷皆完聚荷着萬萬歲當今聖明主

尚書云今日夫妻團圓殺羊造酒做慶喜的筵席

詩云從來女大不中留馬上墻頭亦好逑只要姻緣天配合何必區區結綵樓

音釋

獄于句切　蜀繩朱切　玉于句切　俗詞疽切　祿音路　窟音陸

辱如去聲　屬繩朱切　毒東盧切　突東盧切　瞎音和　潑音巴

哭音苦　謀音模　酺音背　疇音維　躕音哥　福音府

述音求

題目　李千金月下花前

正名　裴少俊墻頭馬上

裴少俊墻頭馬上雜劇終

金陵全書
丁編·文獻類

董秀英花月東墻記

（元）白樸 撰

南京出版傳媒集團
南京出版社

董秀英花月東墻記

元白仁甫

冲末扮馬生上云　小生姓馬名彬字文輔祖貫臨陽人氏先父拜三原縣令不幸身亡小生年長二十五歲雪案螢窗苦攻經史博古通今名譽文章自不可掩俺父親在日之時曾與松江府府尹董鎣為友嘗記得董府尹酒席之間問俺父親咱既為通家凡事皆當商量先父說別無甚事止有小兒馬彬年少頗肎向學未遂功名府尹見說聽明便道某有一女小字秀英願与你令嗣為妻後來先父下世路途遥遠音信不通如今小生一者

董秀英花月東墻記　一

游李二者就問這親走一遭去家童收拾琴劍書箱今日就行

（賞花時）文質彬彬一丈夫千里尋師為學謀今日箇踐程途單身獨步雲外雁聲孤

（么）我如今赤手空拳百事無父喪家貧不似物囊篋盡消踈鵬程有路何日赴皇都

云　行了箇月期程到得松江府了家童你尋箇客店安下

童云　理會的兀那就是一所店房店主在家麼

淨上云　誰叫誰叫　童云　老者俺家長來此投宿

做見科　云　小生動問老公公此處董

府在否　淨云　府尹下世去了　生云
他宅子在何處　淨云　隔壁就是足下與府尹
甚親　生云　先父與府尹相交契厚自先父下
世一向間闊不曾問候　末云　足下如今那裡
去　生云　小生儒業進身游學至此將赴詔選
敢問公公有房舍借一間小生借居待來春赴試
末云　足下既要安住老夫有一小頑名曰山
壽就托足下教訓攻書老夫東墻下有一花木堂
先生就在其中設館如何　生云　如此多謝
末云　院公疾忙收拾潔淨者　院公云

已停當了　末云　先生請往花木堂安歇
同下　老夫人引梅香上云　老身姓劉名節貞
乃劉太守之女董府尹之妻不幸府尹告殂止生
得一箇女孩兒喚做秀英年長一十九歲生的性
質沉重言　語真詩詞畫〔書〕筭描鸞刺綉無所不通
更有箇小妮子是小姐使喚的梅香不能吟詩寫
染昨日梅香說小姐身體不快老身想來多是傷
春梅香如今是三月之間後園中百花開放你和
小姐去海棠亭畔散心走一遭去
正旦上云　妾身董秀英是也父親拜松江府尹

不幸早亡止有老母在堂治家嚴肅今乃三春天
氣好生困人終日在綉房中描鸞刺綉針指女工
十分悶倦恰纔母親交同梅香去後花園散悶梅
香掩上房門咱兩箇去來　做行科　旦云
梅香你看是好春景也呵　唱
（仙呂點絳唇）　萬物乘春落花成陣鶯聲嫩垂柳黃
勻越引起心間悶
（混江龍）　三春時分南園草木一時新清和天氣淑
景良辰紫陌游人嬿日短青閨素女怕黃昏尋芳俊
士拾翠佳人千紅萬紫花柳分春對韶光半晌不開言

一天愁都結做心間恨顦顇了玉肌金粉瘦損了窈
窕精神　生上云　我正坐間只見落花飛於簾下
此花待敗也正是坐見落花　又疑春老樹
南枝這花必定是董府尹後園里飛過來的我起
去望咱　做望科　梅云　姐姐、你看那桃杏花
試是好愛人也　旦唱
（油葫蘆）杏朶花枝似絳唇柳絮紛春光偏悶斷腸
人微風細雨催花信閑愁萬種心間印羅幃綉被寒
孤欲斷魂掩重門盡日無人問情不遂越傷神
梅云　姐々兀那東墻上看的是一箇秀才

旦看科　唱

〔天下樂〕我只見楊柳横墻易得春歡欣可意人一見了心下如何忍送秋波眼角情近東墻住左隣覷了可憎才有就因　梅云　姐丶咱回房中去来不爭你在此留戀夫人知道怎了也　旦云　咱去来　下　生云　這相思索害也恰纔那女子正是董秀英今日見了他一面不由人行思坐想有甚心情看書似此如之柰何　下

旦上云　好悶倦人也自從昨日後園中見了那箇秀才生的眉清目秀狀貌堂丶我一見之後着

董秀英花月東墻記　四

我存於心目之間非爲往心所使乃人之大倫早是身體不快又過着這等人物敎我神不附體何時是可也　梅云　姐〻因何見了那生如此模樣了也　旦唱

〔那吒令〕一見了那人不由我斷鬼思量起這人有韓文柳文他是箇俏人讀齊論魯論想的咱不下懷幾時得成秦晉甚何年一處溫存

〔鵲踏枝〕好交我悶昏〻淚紛〻都只爲美貌潘安仁者能仁一會家心中自忖誰與俺通箇殷勤

梅云　姐〻早是這兩日茶飯不進厭〻瘦削着

再任蕩了心敢是不中也　旦云　我身上病患
汝怎得知　梅云　是何病患　旦云
我是未嫁之女對你一言難盡　梅云　姐、有
話但說不妨　旦唱
（寄生草）怕的是黃昏後入羅幃愁越狠孤眠獨枕
教人悶愁潘病沉交人恨行遲力頓交人困似這等
含情掩臥象牙牀幾時得陽臺上遇着多才俊
梅云　姐、我猜着你敢待和昨日那秀才說話
他在那壁你在這壁如何得會　旦云
想當初卓文君怎生私逩相如來　梅云

他兩箇緣何便得成就来　旦唱

〔么〕漢相如下寒窓下卓氏女配做昏都只為我情
你意相投順姻緣自把佳期問郎才女貌皆相趁你
道是阻東墻難會碧紗廚似俺這乾荷葉那討靈犀
潤　旦云　梅香我若不說你也不知自從後花園
只見了那箇秀才教我愁悶又增十倍不覺染此
病症如之柰何　梅云　姐〻不爭你看上那箇
書生老夫人倘然窺視出来你為婦女怎生是了
姐〻夜深了不睡做甚麼　旦云　我怎生睡的
着我這身上越覺不快兀的不害殺我也　唱

（後庭花）似這等害相思怎地忍不由人上心來兩
泪頻避不的老母將咱恠好交我留連心上人枉勞
蒐不覺的羅衣寬褪被生寒怎地溫香〻的顦顇了
身厭〻的害殺人喚梅香掩上門把沉檀爐內焚志
誠心禱告神
（柳葉兒）呀愁鎖定眉尖春恨不放心懷憂悶見如
今人遠天涯近難句引怎相親越加上鬼病三分
梅云　姐〻你寔意心裡待怎麼　旦唱
（青哥兒）對人前一言難盡老夫人治家嚴訓怨俺
那火性如雷老母親謹慎閨門晝夜巡坐守行跟

恐失人倫但若　離了半時辰来相問　梅云

姐〻似你今春多病可以自己調理莫費神思不

爭你這等念想倘若其身有失如何是了休、莫

要護病成疾自損其身姐〻自當思之　旦云

梅香你可知我心間的事　梅云

妾雖不知見姐〻身體不快以此諫勸自可調理

旦云　似這等病如何治度我一會家不想起

来便罷一會家想將起好是凄惊人也　唱

（賺煞）合晚至黄昏獨宿心間悶苦厭、憂愁自忖

便有鐵石心腸也斷蒐串香焚被冷誰温引入多情

夢裡人窓兒外月華正新玉人兒在方寸我將這海
棠花分付與東君　云　睡起金爐香燼寒寶釵斜
插碧雲鬟愁低楊柳梢頭月花落鶯啼春又殘
下　生上云　小生馬文舉自從那日見了那小
姐之後朝則忘食夜則廢寢其心蕩然如有所失
倘生不測將平日所學一旦廢矣今夜這等風清
月朗且操一曲琴洗我心間之悶咱　下
旦引梅香上科　梅云　姐姐這早晚不燒香做
甚　旦云　你放下香車者　梅云
已放下了　旦行科　唱

董秀英花月東墻記　七

（正宮端正好） 下香階踏芳徑步蒼苔月影當庭過回廊一弄凄涼景好交我添悲與（滚繡毬） 垂楊宿鳥驚繡鞋不待行降明香問天求聘志誠心禱告神靈相思病漸成[illegible]香々瘦損形受儌實事關前定那佳期井底銀瓶似這等棲遲悞了奴家命强打精神拜斗星何日安寧 梅云

姐々你聽那裡氷絃之聲 旦唱

（倘秀才） 則道是半空中神仙勝境却元来東墻下把絲桐慢整你聽他欵撫氷絃音韻清夜闌人静情悲感話丁寧怎不交人動情 旦聽科

生歌云　明月涓涓兮夜永生凉花影搖風兮宿
鳥驚荒有美佳人兮牽我情腸徊徘不見兮只隔
東墻佳期無奈兮使我遑遑相思未痾兮湯藥無
方托琴消悶兮韻韻悠揚離家千里兮身在他鄉
孤眠客邸兮更漏聲長　梅云　姐姐那生彈的
好凄凉人也呵　旦唱
【滚綉毬】我向這東墻仔細聽鳳求鸞曲未成怎不
教想的人成病今日箇聰明的遇着聰明這琴陶潜
膝上横　下生斷腸人這答兒孤另一句句訴
你飄零幾時得同衾共枕銷金帳滿斗焚香説誓盟

頓足平生　生云　東墻那邊似有人言莫不有人
麽我試挽着垂楊隔墻而望咱　生望科
旦云　梅香恰纔那生彈的是好傷感人也我聽
了琴中之語交我越添其愁且將我心中之悶共
聯一絶　梅云　姐姐你做　旦云
客館閑門靜閨房寂寞春月來花弄影疑是有情
人　生聽云　吟咏妙哉我依韻和一首咱
書舍須臾恨南園老盡春東墻明月滿偏照意中
人　旦聽云　墻角邊吟詩者必是那彈琴的秀
才是好高才也　唱

（倘秀才）在那東墻下詩和了一聲我這裡近亭軒把綉鞋立定好交我兜上心来意不寧愁攢眉角上忽的動傷情知他是怎生　梅云　姐〻咱回去罷夜深了　同下　生云　呀小姐回去了這相思索害也我且回書房去　下

旦上云　自從昨日聽了那生彈琴不想我病症轉加身子好生不快可怎了也　梅云　姐〻為一女子當守閨門之正不要這等狂蕩

旦唱　（呆骨朶）我這裡悶厭〻鎖不住踈狂性怎禁的獨自傷情孤幃裡翠減香消花稍上蜂喧蝶

併少年人孤負了三春景身體也無康盛自思量怎柰何漸染出風流病　生上云　我昨日晚間月下彈琴不想小姐來聽隔墻吟詩我也和了一首我想來終不見箇分曉我今日使山壽去只推問他討花看他有甚麼話說　山壽你來

山壽上云　師父呌我怎麼　生云　隔望董宅好花你去討一朶來休教老夫人知道

山壽云　我只問小姐討去　生云　然也　下

山壽上見旦科　旦云　山壽來有何故

山壽云　俺師父使我來問姐〻討花哩

你師父是誰　山壽云　俺師父姓馬名彬字文
輔　旦云　他多少年紀了　山壽云
俺師父二十五歲了　旦云　他要甚麼花
山壽云　隨姐、與我甚麼花　旦云
我與你一朶海棠花你將去　旦與花科
山壽辭科下　旦唱
〔脱布衫〕思量起俊俏書生今日箇題姓通名海棠
花權為信行姻緣事該前定
〔小梁州〕誰想是舊日劉郎到武陵聽說罷怎不傷
情孤鸞寡鳳幾時成人孤另長嘆兩三聲

〔么〕黃昏一盞孤燈映困騰、悶倚幃屏皷二更人初靜更添愁興照不到天明 旦云 我常記得俺父親在日曾與俺母親說在朝之日曾與三原縣令馬昂為交次後將我許與他兒子馬文輔為妻我那時年幼也不曾成得後來音信不通因此上不曾成合這親事我那日在後花園中只見山壽家東墻上有一秀才從這壁望着我一見那生髮黑眉青唇紅齒白交我放心不下我前日在海棠亭下燒夜香又遇着他彈琴專訴失其佳配昨日使山壽來問我討花我因問他你師父是誰山壽

説姓馬名彬字文輔我就想起俺父親的言語莫
不就是這生我兩日前寫下了一箇簡帖兒今日
着梅香送與他去梅香你送這箇帖兒與那秀才
去　梅云　將来我送去　旦與簡科　梅云
我送箇帖兒去来　同下　生上云　自従見了
秀英小姐着我神寬飄蕩茶飯懶嘗昨日着山壽
討花去小姐與了一朵海棠花不知主何意似這
等信不通知何是了　梅云　先生萬福
生云　小娘子来有何事　梅云
你不知聽我説咱　唱

（上小樓）只因你青春後生俺小姐心腸不硬想前夜月下鳴琴韻和新詩福至心靈音韻輕聲律清精通理性多管事暗中傳兩情相應　云　俺姐々與了這箇簡帖兒交送與先生不知是甚麼言語　生云　將來我看　生看科云　小娘子這一首詩是誰寫的　梅云　俺姐々親筆寫的你試念與我聽　生云　消洒月明中潛身墻角東鳴琴離恨積入夜綺幃空夢繞三千界雲迷十二峰仙郎休負却我意若春濃　好高才也既小姐有顧戀小生之心我如今備辦禮物使媒人說去如何

梅唱（么）你待交媒人偶成老夫人天生
劣性不爭你走透消息泄漏風聲悮了前程俺姐〻
念舊盟想舊情何須媒証不用你半星兒絳羅爲定
生云　既蒙小姐垂念小生也寫一簡煩小娘
子稍去　梅云　你寫来　生寫科云
小娘子你道我多〻上覆小姐来　梅下
生云　小姐若見了這簡帖兒好事必成也　下
旦上云　梅香去了多時怎生不見回来了
梅上見旦科　旦云　如何　梅云　他有回簡
在此　旦云　将来我看　香梅遞簡旦接看科

念云客館枕飄零孤眠春夜長瑤琴撥一弄春色在東墻勿問詩中意相思病染牀情人在咫尺何日赴高唐　是好才學也　唱

（滿庭芳）恰便似龍蛇弄影才過子建筆掃千兵溫柔軟款多才性忒煞聰明攄相貌容顏齊整論文學海宇傳名堪人敬都只爲更長漏永傷感淚盈〻

云　似這等何見得成也　唱

（耍孩兒）似這等空房靜悄人孤另卻又早香消金鴨何時害徹病相思卜金錢禱告神靈生前禽演分明判八卦詳推莫順情四柱安排定都來增下禍

福分明
（四煞）画檐鐵馬喧紗窓夢不成佳人才子何時娉他是箇異鄉背井飄零客我便是孤枕獨眠董秀英都薄倖一箇在東牆下煩惱一箇在錦帳里傷情
（三煞）嘆鴛鴦綉被空滿懷愁為那生只因他新詩和的聲相應更把那瑶琴撥出艱難調彩鳳求凰指下鳴都是相思令聽了他凄涼憐切好交我寸步難行
（二煞）婚姻配偶遲難捱更漏永画蛾眉嬾去臨妝鏡老天不管人顛顇一派黄河九徧清貞烈性也只是粉墻一堵似隔着百座連城

〔尾煞〕相思愁越添凄凉悪夢境便做道鐵石般只
恁心腸硬都寫入愁懷喚不省 下
生上云 從昨日小姐着梅香送了一首詩來我
也回了一首交他將去了至今音信不通小生不
覺病枕着牀性命在於頃刻萬一有成這病還有
可時倘或阻隔如之奈何 唱
〔中呂粉蝶兒〕賸眼難開鎖愁眉如何擔待恨相思
晝夜難捱則俺這異鄉人如風絮飄零在外愁滿心
懷何時得否極生泰
〔醉春風〕只因邁着可憎才引的我熬煎深似海害

的我須臾咫尺難移你〻好是歹〻一會家倒枕搥牀長吁短嘆交咱無柰 云 我且掩上門靜生一會 旦同梅香上云 昨日使梅香探那生去回了一首詩来我看罷他真有此心我今又寫下一箇簡帖兒梅香你再送與那生去 梅云 将来 旦與簡科云 你快此来 下 梅云 不知寫的是甚麽須索送去 唱

〔脱布衫〕病潘安瘦損形骸杜韋娘憔悴香腮你兩箇恩情似海沒来由把咱禁害

〔小梁州〕你只要摟帶同心結不開都只待魚水和

諧曠夫怨女命安排心無奈盼殺楚陽臺

〔幺〕這便是才郎有意佳人愛兩下裡怎不傷懷好意捱舒心害粉墻為界鏡破兩分釵 云 早来到也我隔這窗兒試瞧咱 唱

〔上小楼〕我把這窗兒潤開覷一覷何妨何碍只見他東倒西歪倚牀靠枕身體斜挨吽一聲馬秀才頭不擡相思苦害悶你箇病襄王在也不在

梅見科云 先生萬福 生起跪科云呀呀呀小娘子怎生就不来了 梅云 夫人嚴謹僕妾豈敢輕出 生云 小娘子今日小姐有何話説

梅云　俺姐、寫了一簡交我送来不知上面寫着甚麽　生云　将来我看　做接科　梅唱

（公）俺小姐親封一策向你這東君扣拜不知他有甚衷腸道甚言詞訴甚情懷試取開看内才中間梗槩比那嚇蠻書賽也不賽　生念云

画閣鎖金帳畨成離恨天東墻相見後疑是武陵源　小生有一句話只得對小娘子伸訴

梅云　先生但說不妨　生跪云　想先君在時曾蒙府尹相公将小姐許聘小生後来[illegible]阻滯因此上不曾合成親事小生此一来問這親事欲令

媒人通問於老夫人爭奈寒儒孤陋不能諧事自那日後花園中見了小姐就得了這等症候除小娘子在小姐左右怎生方便成就此事有何傷乎　梅云　足下是一丈夫立於天地之間當以功名為念垂芳名顯祖宗豈不聞聖人云血氣之勇戒之在色足下是聰明之人何為一女子喪其所守先生察之　生跪云　只是小娘子可憐小生通一句話呵此事必成矣　梅云　先生請起等妾身看小姐之動靜若是得空呵慢慢的假一言冐與不冐再來回報足下　生云　小生還有一

簡煩小娘子稍去来知可否　梅云　将来我稍
去　生與簡科　梅云　妾身回去也　同下
旦上云　恰纔使梅香去了這早晚不見回来好
悶人也呵　梅上云　姐、我来了　旦云
事以如何　梅云　姐、則被你弄殺那生也
旦云　他對你説甚麼来　梅云　他将前事許
了一徧　旦云　甚麼前事　梅云　他説道俺
父親在時曾與你先尊為交就将小姐許了親事
後来遭阻滯不曾成事如今千里而来也只為這
親事自從那一日見了姐、如今在書房中害相

思病哩　旦云　他再有甚麼話說　梅云
我臨来時他又與了箇簡帖来稍與姐、里
旦云　将来　看咱　做看科　旦念云
相思病轉添愁鎖眉尖上無意讀經書引的春心
况忽見可憎才疑是嫦娥降盼得眼睛穿何日同
鴛帳　旦唱
（快活三）悶昏、眼倦開困騰、鴛枕挨怎閨思量
的無聊賴幾時得雲雨會陽臺我和你同歡愛、你
箇俊俏書生風流秀才俺兩箇少欠下相思債自裁
自改何日得共挽同心帶

（賀聖朝）似這般子建才學埋沒書齋愁勝一似東洋海生的相貌堂〻見了開懷心中自猜怎生交他晝去昏來　梅云　姐〻似此如之奈何　旦云　我如今寫一箇期的簡兒你將去我若不如此他豈敢來　旦付簡科云　他若看了這詩便知我的意思　下　梅同下　生上云　我寫了一簡着梅香稍去這早晚不見回來恐成不的這事這一會身子困倦且睡些兒　梅上見科云　先生萬福　生云　小娘子那事如何　梅云　賀萬千之喜事已成矣　生云

有甚好音着我知道　梅云　簡帖在此
生接念云　待月東墻下花陰候大才明宵成歡會
同赴楚陽臺　生號謝云　今日得成此事皆小
娘子之力異日當犬馬相報　梅云　足下請起
你准者妾當回去也　下　生云　小生這病害
的着了　唱
【滿庭芳】姻緣合該今朝相待魚水和諧似這等不
枉了交人害苦盡甘來古人言知過必改不由人兜
在心懷一見了相親愛便休道賢賢易色非是我放
狂乖　下　旦梅上　梅云　姐姐天色晚了那生

必定等裡好去了　旦云　我乃室女潛出閨門
與少年私約敢非禮麼　梅云　姐〻男女居室
人之大倫有何非禮　旦云　毋靦不知醜了不
曾　梅云　咱去來不妨事　下　生上云
早間梅香來約海棠亭上與小姐相會夜色深了
我掩上書房門好去也早來到墻邊躍而過去潛身
在這海棠亭下者　旦上云　梅香那東墻下似
有人影莫不是那秀才來了你去看咱
梅望科　生見梅科云　小娘子小姐來了不曾
梅云　兀的不是　生見旦科云　小姐令小

生將來赴約　旦云　你在角門首望着有人來
便報我知道　梅虛下　生旦攜手至海棠亭成
親科　生唱
〔耍孩兒〕看了你龐腮杏臉花無賽星眼朦朧不開
魂靈兒飛在五雲端只將這玉體相挨安排定共宿
鴛鴦枕准備下雙飛鸞鳳臺今日得同歡愛把湘裙
皺損寶髻斜歪
〔五煞〕衫兒扭扣鬆裙兒摟帶解酥胸粉臉天然態
楚腰似柳嬌尤軟未吐桃花露濁開完成了恩和愛
今日箇良姻匹配便死呵一穴同埋

（四煞）温柔軟款情佳人忒艷色春風美滿身心快輕蟬鬓鬟烏雲亂寶髻偏斜溜鳳釵越顯的多嬌態心中留戀可意多才

（三煞）嬌羞力不加低垂頸怕撞風流徹骨遺香在相偎玉體輕，按粉汗溶、湿杏腮似這等偷香竊玉幾時得一發明白

（二煞）澄、夜氣清低、月轉堦枝、花影横窗外燈前試把香羅看點、猩紅映瑩白則見他羞無柰困騰、倚墻靠壁急忙、重整金釵

（尾煞）相思一筆勾姻緣前世該好交人撇不下思

董秀英花月東墻記　九

和愛幾時得再把同心帶兒解　老夫人上云

我前日聽得梅香說小姐身體不快不曾看得令夜睡不着我試看小姐去咱　做行科　来到這綉房中怎生不見小姐莫不敢做下了勾當也我試往後花園看去呀這角門怎生開着做撞見科　生旦慌科　梅云　姐姐不妨事夫人行我有話說　夫人罵云　好賤人你箇都過来　生旦梅香跪科　夫人云　好女孩兒做下這等勾當豈不聞座不正不生割不正不食我欲董家為婦一世何曾有針尖大小破綻你如今年

方及笄不遵毋訓不修婦德與這等不才丑生私
約兀的不辱麽殺人也我想來都是這小賤人迤
逗的來　梅云　老夫人息雷霆之怒聽賤妾陳
是非之由想當初先尊在日将小姐曾許與三原
縣尹馬昂之子馬文輔為妻先尊下世不曾成合
不想馬生因問親事至此安歇於山壽家木堂中
使佳人才子臨風對月心非木石豈無所思夫人
失治家之道不能掩骨之醜何為之過
夫人沉吟科云　兀那廝你端的姓甚名誰何方
人氏　生跪云　不瞞老夫人説小生姓馬名彬

二十

董秀英花月東墻記

字文輔先父後三原縣令祖貫臨陽人也
夫人云　你這　小禽獸無禮你既到此如何不
来見我却做下這等勾當着是别人呵决打壞了
你空讀孔孟之書不達周公之禮這等不才我待
交你離我門去只是看你先父母面上我家三輩
不招白衣之人如今且將你兩箇急配了則明日
上朝取應去得中科第那時来也未遲
生云　非敢對夫人誇口小生六歲攻書八歲能
文十一歲通六經據小生文學不奪狀元回来永
不見夫人之面　夫人云　想你父親也不曾弱

了常言道有其父必有其子孩兒你着志者秀英
便收拾行裝送文輔上朝取應去　旦云
恰相逢又分别好是煩惱人也呵　今朝同把一
盃酒後夜醉眠何處棲如今送别臨溪水他日相
逢在水頭　同下　旦生同上　旦云
梅香將酒果來與秀才餞行　做把盞科
旦云　今日得成佳配妾身不敢久留當以功名
為念進取為心以君之才必有台輔之任着到京
師早登科第當速返征轅也　生云　我這一去
青霄有路終須到金榜無名誓不歸請老夫人拜

別咱　夫人上云　孩兒着志者早些回來

生拜夫人科　旦云　如今暮春天道是好傷感人也　唱

（越調鬥鵪鶉）眼見的枕剩衾空怎捱這更長漏永桂蕊飄霞楊花弄風翠袖生寒烏雲不攏恰成了鸞鳳交眼見的各東西離恨千般閑愁萬種

（紫花兒序）見如今亭前分袂目下離別多應是夢裏相逢忍不住長吁短嘆難割捨意重情濃枉交我埋怨天公莫不是美滿姻緣不得終好交人傷悲切痛煞時間去馬回車都做了往雁歸鴻

云自從文輔去後今經半載有餘杳無音信交我

身心不安好是煩惱人也　唱

(小桃紅)腰肢纖細減芳容似帶雨梨花重翠被香

消誰共思無窮音書寫下無人送魚沉雁杳枕餘衾

空因此上泪滴滿酥胸　梅云

姐々怎生害的這等瘦了　旦唱

(天淨紗)害的人病厭厭、瘦了形容寬綽、帶慢衣

鬆俏身兒往日難同越添悲痛倚帏屏星眼朦朧

(調笑令)好交我氣冲怨天公閃的我獨宿孤眠錦

帳中珠簾不捲金鈎控怕的是南樓上画鼓鼕々我

這裡好夢初成又在墻東怎生般夢兒中魚水也難同（禿廝兒）恨人画簷間鐵馬丁東恨人寒山野寺鳴鐘恨人把美愛幽歡好夢驚恨人又見花梢兒窗影下重重

（聖藥王）想舊境一夢中海棠亭下正歡濃寶髻鬆繡被重覺来猶在画屏東無語泪溶溶

（麻郎兒）恨相思病濃轉思量泪重眉蹙損春山悶縈頸的凄涼一弄

（幺）這病攻泪濃悶重都只為滿　裏都只為魚水難同都只為孤鸞寡鳳

（絡絲娘）粉花箋寫下更長漏永專訴着瘦减香肌
玉容寫罷了眉尖一縱更交人悲痛
云　自馬生去後交我朝思暮想疾病轉加如之
柰何梅香你来　梅云　姐〻怎麼說　旦云
我這幾日身子不快我待請醫調理你請母親来
商量　梅云　老夫人有請　卜上云
孩兒有甚事　旦云　母親你孩兒身體不快如
何治之　卜云　孩兒快請箇良醫来服些藥餌
就好了梅香你快請去　梅背云　除是馬秀才
来我好了　做請科云　李郎中在家不在家

淨上云　小子李郎中是也別無買賣營生專靠
我這藥上盤費我這妙用有神仙之法手到病除
家傳一樣妙藥專治男女傷春之病恰纔董府尹
家来請須索走一遭去　行科　見梅科云
小娘子報伏去　梅報云　奶〻請將醫士来了
卜云　請進来　見科　卜云　小女有些不
快特請先生調　淨云　請出来胗脉
旦出見科　胗脉科　淨云　此脉沉細
卜云　如何調治　淨云　小人專治傷春之病
豈可無藥不瞞老夫人說我這藥費本錢

卜云　老身怎肯少了藥貲　净云　我便攢藥

旦云　此藥何名　净云　是撮病芙蓉散

做與藥科　卜云　梅香與郎中五錢銀子

净云　不當受小人回去也　下

卜云　梅香你交孩兒睡一會兒我回去　下

梅云　姐〻服了此藥就好　旦唱

（東園樂）這厮是哄人機見他說来的不通越交人

添況重他一片胡言都是空無些兒効功他正是說

真方把咱做弄

（綿打絮）深閨静悄幽僻空庭月輪展紙幾扇屛風

董秀英花月東墻記　苗

似海棠半醉春睡重鮫綃上緑鬓擁有情人何日相逢幾時得赴高唐夢中

（拙魯速）花落去緑叢、怎不交人泪盈、愁鎖眉尖萬種清夜悠、誰共画簷下揺曳簾櫳不想把離人斷送鵾鴂啼驚覺巫山夢

（尾聲）魚沉鴈杳音難送阻隔着千里關山萬重埋怨俺狠毒娘走将来分開了鸞鳳種　　下

生衣冠上云　自家馬文輔是也自到京師應試科場一舉狀元及第蒙恩賜綵段官誥今日謝了恩回松江搬取夫人秀英去

駿步高騫謁紫宸學成詞賦貫天人丈夫欲遂平生志年少先截帝里春　好是稱心也呵　唱

（雙調新水令）春雷揭地震青天平步上廣寒宮殿風吹烏帽整日照錦袍鮮拜宴開筵這其間方趁了丈夫願

（駐馬聽）十載心堅酬志了金屋銀屛紫府仙當時貧賤怎忘了簞瓢陋巷在窮檐官高猶記武陵源身榮怎忘前親眷纔中選今朝又把程途踐

云　行了數日早到松江府了攛動馬徑遶宅上去者　做到科　云　左右報的老夫人知道

做報科　夫人上云　馬文輔得了頭名狀元今日回来我須迎他進来者　生做見科　卜云　見鞍馬勞困梅香叫你姐〻来見學士者

梅走上云　姐〻在那裡　旦上云　小賤人你管我怎麼　梅云　俺姐夫做了官回来在堂上老夫人着我請你相見哩　旦云　是真箇

梅云　你待不見哩　旦云　不想有今日也

做相見叙禮科　旦云　才郎及第官拜何職

生云　托祖宗福廕叨中狀元小生喜不自勝

旦唱

〔雁兒落〕誰想你入科場藝在先金榜上名堪羨脱
却了舊布衣直走上金鑾殿
〔得勝令〕你如今束帶立朝前得志受皇宣列翰苑
為學士插金花飲玉筵標寫在凌煙寶匣内方顯出
龍泉劍享富貴綿綿、立芳名見大賢　生云
小生别後一載有餘多虧小姐持家養德　旦唱
〔水仙子〕今朝一日笑聲喧又得才郎叙舊緣相逢
訴不盡心中怨那時節意懆然自别來動是經年我
只怕恩情斷盼歸期天樣遠誰知到今日團圓
〔折桂令〕喜今朝又得團圓夫婦相逢前世姻緣携

董秀英花月東墻記　廿六

手相将花前月下笑語甜言舊日的恩情不淺還記得海棠亭誓對嬋娟你如今黄榜名懸翰苑超遷願足平生盡在神天　使臣上云

雷霆驅號令星斗煥文章小官使命官是也奉　朝命来與馬狀元加官進秩可早来到也狀元裝香来接詔旨　生跪科　使臣云

皇帝詔旨尔狀元馬彬有文武全才博學宏詞可授翰林學士其妻董氏一節不渝封學士夫人可即走馬赴任勿替朕命故勅　生拜云

感謝聖恩　唱

（沽美酒）降明香接詔宣拜天使喜開顏聖主恩波
徧九天坐金鑾寶殿四海内都朝見
（太平令）托皇朝文能武羨養德性道重名傳姓列
在金章寶篆普天下黎民方便只願的萬年永遠保
天恩聖賢端的是威鎮了四方八面
生云　使臣請筵宴　使臣云　不必了就此告
回　下　生上云　賢妻如今有聖旨交郎便赴
京上任你心下如何　旦云　妾身豈敢抗拒
生云　既如此弓兵快收拾車馬赴任去来　唱
（川撥棹）列頭搭在馬前把香車簾半捲只見官誥

新鮮翠袖花鈿寶髻雲偏疑是天仙只見他喜孜、
俏臉兒笑撚敢見我紫羅袍體閒穿
（七弟兒）我這裡向前謝得完全今日箇夫妻稱了
平生願身榮休忘了海棠軒東墻下私約成姻眷
（梅花酒）俺如今踐登程路途沿幾時到八水三川
西洛中原莫得俄延揮碎綠鞭馬蹄兒踐香塵細車
兒古道穿今日箇來赴選來赴選到金鑾到金鑾日
月邊日月邊受皇宣受皇宣古今傳
云 想小生今日到的這一步夫榮妻貴怎肯
忘了那時 唱

（收江南）想當初五言詩和得句兒聯七條絃彈就舊姻緣想着那海棠亭下設盟言今日箇兩全夫妻勑賜再團圓

（鴛鴦煞）佳人才子心留戀東墻花下成姻眷標寫青編唱道一舉登科將名姓顕男兒得志共賞在瓊林宴玉堂中千古名賢似這等金榜題名萬代顕

題目　老夫人急配好姻緣　小梅香賠把詩詞遞

正名　馬文輔平步上鰲頭　董秀英花月東墻記

萬曆四十三年乙卯六月廿九日校抄于小穀藏本于
即東阿谷峰于相公子也　清常道人記

金陵全書

丁編·文獻類

檜亭稾

(元)丁復 撰

南京出版社
南京出版傳媒集團

提要

《檜亭稾》九卷，元丁復撰。

丁復，字仲容，天台（今屬浙江）人。少負逸才，元仁宗延祐初北游京師，與元詩四大家之楊載、范梈同薦入館閣，然不爲當國者所用，遂翩然去之。『泝絶黄河，憩梁楚，過雲夢，窺沅湘，陟廬阜，浮大江而下，遂家金陵』（危素《檜亭詩稾序》）。元顧瑛編《草堂雅集》卷八、清陳焯編《宋元詩會》卷九三、清顧嗣立編《元詩選》二集等均有其傳略。

丁復早有詩名，絶意仕進之後，寓居金陵三十餘年，『晚歲盤桓於冶城、龍河之間，灌園自樂，四方之士日載酒從之遊，而求其爲詩。故詩必因酒而作，引觴揮毫，若不經意，而語率高絶。飲之半酣，詩愈益奇，一飲或詩累數章，詩成而先生亦頹然醉矣。然往往即書卷上，未嘗起草，故詩雖至多，而稿皆不存』（楊翮《檜亭詩稾序》）。由於丁復金陵城北居所處，有園亭之勝，兩株古檜列植左右，蒼茂若雲，醉則倚樹而吚吚，故自名其什曰『雙檜亭詩』。不過，其人因落拓不耦，胸中塊壘發爲歌詩，多興之所至，始終未自行整理、編刊詩作，故製作雖多，久之往往散落無遺。元順帝后至元年間，其婿饒介首先裒輯先生之詩百餘篇，題曰『檜亭』，此爲前集；嗣後，從先生游者李謹之，益加搜羅，旁及隱遠，又得若干篇，是爲續集。南台監察御史張惟遠『見而愛之，惜不大傳於時，移文有司鋟梓，集慶學宫教授查信卿寔董其成立』（諭立《檜亭稾跋》）。此《檜亭稾》（又名《檜亭詩稾》）刊成於元至正十年（一三五〇），分爲九卷，各卷又分前集、續集。又據朱右《檜亭後集序》（《白雲稿》卷五），朱氏在至正十一年（一三五一）得到張氏刊本後，捃摭未刊之詩以補續其所未備，得一百四十七首，名曰『後集』，十年後交予王克惠，冀其鋟梓以傳，可惜無任何證據表明此本得以刊行。

元刊九卷本是今存《檜亭稾》之祖本。據本書丁丙跋語，該集即爲影抄元至正十年刊本。本書卷首序每葉十行，行十六字，正文及文末跋十行，行二十字，四周雙欄。詩集序首葉天頭鈐白文印『四庫著録』，序、目録及正文首葉與卷末均鈐朱方『江蘇第一圖書館善本書之印記』。內容上，本書卷首分別是後至元五年（一三三九）李桓序、後至元六年（一三四〇）李孝光序、至正四年（一三四四）危素序、至正十年楊翮序；翮後是目録，卷一、卷二、卷三爲古體詩，其中卷一爲四言詩，前集一首、續集四首，卷二爲五言詩，前集十八首、續集三十五首，卷三爲七言詩，前集十四首、續集十九首，卷四至卷九爲近體詩，其中卷四爲五言長律，前集一首、續集三首，卷五爲五言八句，前集二十三首、續集四首，卷六爲五言絶句，前集十四首、續集五首，卷七爲七言長律，續集四首，卷八爲七言八句，前集四十首、續集五十四首，卷九爲七言絶句，附六言，前集三十首、續集四十七首，共計三百一十六首；其後是九卷正文，文末乃諭立後跋。由於所抄原本殘佚，本書亦有殘闕，譬如卷四第三、四葉爲空白葉。同時，本書卷二缺第十四葉，卷三缺第十五葉，卷九缺第五、六葉，觀諸國家圖書館藏清抄本《檜亭稾》等，相關内容亦缺，且在抄寫時往往留有空白，故上述幾處應該也是元刊本流傳至清時已然殘缺之故。另外，本書尚有竄亂之處，譬如卷三第十四葉包括《題句容趙氏松磵堂》《題秋江曉渡圖》《讌郭氏池亭》等均爲五言詩，應入卷二，又如卷三第二十一、二十二葉中間缺失一葉内容，羼入卷七，即卷七第三葉，包括《題王弘正白描唐十八學士登瀛洲圖》後半部分、《秋江曉渡圖》和《送笪縣尹之官蒼梧》前半部分。

李桓序稱丁復『博學才敏，爲詩精麗奇偉，格超而趣遠』，評價甚高，又云：『君之詩酷類太白，雜而置之集中，見者不復能辨别，今其體稍變，將自爲一家。』丁復《月灣釣者歌》（本書卷三）、《扶桑行送銛仲剛東歸》（《乾坤清氣集》卷六、《元詩選》二集）等詩即學李白之作，詩思汪洋恣肆，詩情豪邁奔放，想象綺麗瑰瑋。另外，其律詩則受到了杜甫的影響，而其七絶不事雕琢，如卷九《常熟道中》《次韻西湖竹枝歌》等詩以平常語娓娓道來，以白描手法摹繪送别、男女求愛等日常生活之諸種情態，意趣自然。

除南京圖書館藏丁氏八千卷樓舊藏清影抄元至正十年刊本外，今存《檜亭稾》版本另有國家圖書館藏宋氏榮光樓舊藏本，乃清雍正三年（一七二五）十一月自震澤王氏抄出，雖爲五卷，實則是九卷合併而成；又有國家圖書館藏朱彝尊舊藏抄本、陸心源校跋舊抄本，上述諸本所收篇目相同，唯篇目次第偶有差異。南京圖書館另藏一帙《檜亭稾》，尚有一卷拾遺，丁丙《善本書室藏書志》卷三三《檜亭集提要》稱『此本後别從《草堂雅集》《乾坤清氣》《母音》《大雅集》《赤城詩集》《鶴亭詩倡和集》《鐵綱珊瑚》諸書拾出，凡四十餘首』云云。至於叢書本，則有據元至正十年刊本抄録之《四庫全書》本以及據文瀾閣《四庫全書》收録之《台州叢書》本。
《金陵全書》收録的《檜亭稾》以南京圖書館藏丁氏八千卷樓舊藏清影抄元至正十年刊本爲底本影印出版。

施賢明

集

元 別集類

桧亭稿九卷　影抄元刊本　至正十年

天台丁復仲容甫

上元某錦嘗匯之間有益齋讀書志云元金陵詩家有集存者惟集慶路訓導丁復仲容桧亭集九

卷桧亭天台人嘗為貢於名公游京師與楊載范梈同被薦辭不就浪跡江淮三徙居金陵城北有

園亭之勝古桧列植左右名曰集曰桧亭金陵新志尾校討姓氏有訓導丁復知嘗官儒學也黄增借介

之門全年謹之各有編輯南京監察御史張某遂合編為九卷至正十年刊於集慶學宮中小李桓系

嘉靖李著先性川危素上元楊縣的序偶植卷帙編集仲容詩扶桑行送鐵仲剛東歸欹長江等

里蹟蘭上人之金陵寄府張使君三首為此集而不載倡錄朱右白雲稿云李恒之編桧

亭集收復詩付送常忠便數長江等四膽象入口而不收其傳其補而未備傳首の

士也首與御史王克惠商知之不知世有何本否

檜亭詩稾序

天台丁君仲容之詩曰檜亭稾者因其所居而目之也君三徙居寓於金陵之城北地既深僻有園亭之勝古檜列植左右蒼茂若雲容至款坐亭上日翛然以為樂壻饒氏介之方集君詩得若干首為一編故題其稾檜亭云君博學才敏為詩精麗奇偉格超而趣遠自近世以集行及余所見四方之士及所聞以能詩自名者皆莫與為比所造益高傑出於一時而視古人深

入其閫奥余嘗評君有三異於他文未嘗不善而獨為詩。未嘗刻意而語輙過人人未嘗不服以為工而一不有所衒平生倡和題詠與夫言志感興而作無慮數千篇性坦率不自貴重愛惜篇成輙棄稾不復蓄故雖傳誦於人而散逸罙甚尒之始為之裒輯自四五七言古律絶句諸體粗備彙分而盼列隨其所得而附之左方財十之一二昔昌黎之文妙天下非李漢叙録之勤殆不能無泯沒使是詩也得傳於

後世則尒之〻功豈下於李漢哉余識君
於二十年之前當是時君之詩酷類太白
雜而寘之集中見者不復能辨今其體稍
變將自為一家惜乎尒之不早登其門而
盡録也至元五年歲次己卯季冬廿有八
日中山李桓謹書

論詩至於宋南幾於無詩迨其末年士之
世居永嘉臨海二州乃始復為詩力追
古人其閭里子弟狎熟長老先生謡咏呻
唫之遺習皆善屬和
國初以来臨海為詩數十家其什曰閬風
得園山南天逸素心聖泉其後又有張子
先陳剛中楊景義皆自封一家足以名世
閬風詩冣夥至滿千什然皆以位卑莫傳
余頃家居有持瀛海篇視我顛憒閒曰丁
復讀之令人欲飛余曰必臨海之産也果

然後至建業見仲容仲容已五十餘觀其詩皆已絶去生獰操麼精悍猶之宛馬不踶不齧不乏而日行千里衆馬雖十駕不能超也仲容拓落不耦莫為知已獨鳴之聲詩以自陶寫其菀結之氣夷睨世之學士後生蹴踏翰墨之塲縮手袖間而去之時〻危生而飲酒沃涑愁思吐咲新語數少出其奇不復脩治一讀而棄地其子壻饒尒頗為蔵去浸以成什他日請曰鄉閭長老先生用位卑詩弗傳徒令世惋惜尒

且為刻之顧一論次余行四方見詩人之恥為陳言而務力為奇者有自好之意至臨海閭里子弟造次出之曾不見其困而吾仲容又其梟也齊部世刺繡恒女無不能狎耳目哉仲容既老買宅建業之城北南戶故有兩檜對醉倚對而咿咿因自名其什曰雙檜亭詩云至元六年歲在庚辰十月辛丑永嘉李孝光季和甫在建城城東青溪觀題

夫才足以適天下之用而或不遇於時上
不能用則不足以盡其才故有志之士寧
湮没草莱雖不見知於當世而不悔也天
台丁君仲容父少負逸才去遊
京師薦者以君與楊仲弘范德機皆可為
太史氏當此之時天下寧謐休息兵革而
仁宗方尊尚儒學化成風俗　本朝極盛
之時然當國者思陰廢楚産之士君察其
機不俟報可翩然去之廼絕黃河憩梁楚
過雲夢窺沅湘陟廬昇浮大江而下遂家

金陵於是三十年君之文雄而趣高可以
制作誥命宣
天子仁惠元元之意於四方萬里而乃使淹回羈旅浮湛里巷騷騷乎老矣茲其可惜也夫君安於所遇胸次夷曠逢山僧逸民得酒輙飲醉則作為歌詩引筆即就高情藻思閒見橫發君既以此寓其所樂久之散落無復收拾其壻饒介介之秇而成編以余辱君為忘年之交俾序識之嗟乎此其才足以通天下之用而不遇於時者

君子有以悲其志矣至正四年四月戊寅
臨川危素序於錢塘驛舍

檜亭續集序

檜亭先生丁君仲容父生平有隐君子之趣而以詩著名晚歲盤桓于冶城龍河之間灌園自樂四方之士日載酒從之游而求其為詩故詩必因酒而作引觴揮毫若不經意而語率高絶飲至半酣詩愈益奇一飲或詩累數章詩成而先生亦頽然醉矣然往往即書卷上未嘗起草故詩雖至多而稾皆不存自其壯時亦已若此其壻饒君介之稍稍為之訪求得百餘篇而猶遺

落太甚從之游者李君謹之深以為惜益
加蒐羅旁及隱遠久之凡得若干篇皆饒
集之所未嘗有者噫亦匱矣先生之詩其
僅完於此乎向非謹之好之篤而求之至
安能若是之僅完哉憶予向嘗與先生論
詩先生固不甚自矜衒予頗心敬先生詩
今見其完能不為之喜邪昔王介甫在鄞
得杜工部詩舊集所遺落者自洗兵馬以
下二百餘篇為之序曰甫之詩其完見於
今者自予得之觀其喜為何如然則予於

謹之所集蓋不能以不喜也今先生之詩將刻而傳之予謂謹之或為後編或附饒集無不可幸先生之詩完見於今足矣雖然謹之之歷予則不可以不書使後之觀檜亭集者庶以知謹之之於是而能用其情也至正十年歲在庚寅秋八月朔旦上元楊翮序

檜亭稾目録

檜亭稾

天台丁復仲容父

古詩

四言

有鳥　前集

有鳥有鳥鳴聲嘐〻自東有居則西于巢有翩者翼
載戢載翹害徃害否中心搖〻有鳥有鳥鳴聲孔悲
生此東隅息彼西枝有翩者翼逝将奮飛我行遲〻
莫知所依維東有山領路其岐維西有江湍流其支
伊此之懷復彼之思莫知所之我心孔哀昔我来思

狐裘披〻今我何為絺綌有凄譬彼行驥有縶其馳
言提其玦載泣歔欷相彼鳴琴匪絃伊絲哀于塗人
宜莫我知聖或弗濟伊命也而命也如玆我行其隨

衆羽送劉士幹知事赴湖廣省掾　續集

衆羽之差〻彼翰而鴟衆趾之離〻我獨于夔夫乘
而往我徒于追波濤洶〻則匪于江彼陸康莊則舍
而杭我聞瞶〻我視于盲尓韋于驅愛畀其駒尓行
徐〻於余焉居我有旨酒聊樂與娛

維山送章子端調淛東奏差

維山其砠維水沮洳孰来吾蘇使君之車岨則有阪

使車無反沮洳有衍伊澤斯遠維澤伊何孔碩洋〻我攸樂康使車彭〻維駿在隅弗疾其驅彼華紆徐維章子之裾維山斯岵維水有滸章裾楚〻寔獲我所楚〻者衣肅〻者儀亦永其依我逸以敖娱

原存為葉博士作

道一而二闔闢周還孰職為之有極兹先繼善成性吾斯以立作息出入若主有室洞靈湛盧吾斯其居物備用周靡完弗初或窒于牖或狂弗守物〻之粸斯曠斯有若隙之多其明晰〻由擴而充無遠弗暨如鏡之塵不遂于拭如泉之蒙不疏以力杲〻出日

噎〻其露何有何亡于劇用淫交萬吾前窮日有積

廓然太清上下森植勿欺以謙曰誠其意心身家國

正脩齊治㠯維其功吾欺有存戒慎恐懼于弗睹聞

何幾之術載省于獨屋漏弗愧矧炤于伏恒焉存〻

㠯出匪門性焉反焉孰為先民

題墨蘭

鳳凰可羅麒麟可羈我紉我佩我心傷悲

檜亭稾

天台丁復仲容父

古詩

五言

瀛海篇贈呂鍊師　前集

我本瀛海人謫落九州土三山不得歸六鼇竟何所
凝精耿宵寐往〻呼安期跂予紫霞想感此白日馳
客有金庭仙玉霄住雲月近從爵溪来霜紈卷溟渤
褰衣拂天姥跣踞青芙蓉羲和擢僊指夜寒笞六龍
金烏飛上天露草忽已晞柰何秘靈境忍使人民非

朝搴四明霞夕涉會稽道鄭弘招不来賀監亦已老
昏濤吼奔雷逆折生囬風鸞乗桂子府鶴語梅花宮
清湖自歌舞顏髮凋青紅壺丹碧光瀉匊影洞庭水
霜落山橘寒還過吳王里吳王湎不醒館娃骨已冰
廼派憶張果亦復尋茅盈玉妃發春哂手折雙瓊花
寄贈兩女兄相逢學丹砂翩然不肯留浪迹金陵市
長歌六帝秋娟娟開夢耳青裾曳明月問我丹井南
揮手緑雲表語別愁何堪往年去天台藥草逕香滿
彼之溪上人泣向西風斷瓊臺天上遥銀橋霧中没
葛陂一丈竹鱗鬣生倏忽飇車劃雷逝輪轅不相捋

尺地不可縮況玆道路長故人衡湖居舊約赤城下
縁厓履靈迹弄瀑漱清瀉今聞綰漢綬好作常州牧
輿公賦金聲名山阻高躅東行即相討自稱田道人
榴皮醉香墨曉過東林春海圖慎勿視但恐馳其神

甘雨昨日足

甘雨昨日足今日豈不游文漪散清沼緑樹未驚秋
步出西郭門浩浩江漢流危檣臨川浦乃有遠人舟
江祖赴海漕驚沙無定漚犇呼走群吏肉食懷鄙謀
及時不歸耕卒歲何用周悄悄緑髮子還家多白頭
為農極凋瘁猶用苦誅求

東海有蟠桃

東海有蟠桃結根何歲年花開不関春霜露不繫天仙種固靈異未知樹所縁我欲往問之代無絶世賢適来王母至遂奉武皇筵驕主好自誕後来信謂然愚者諒多惑智者當不傳

題小兒高馬圖

緑𠂆良家子文鱗宛國駒神宇擢秀彩駿骨蓄英朕妙齡妝茲啓遐陟邇云初迅發騁窮邈若視無冡區嬰之尺鞅御加以寸箠驅百年雖瞬息萬里亦湏臾朝晞若木津夕秣昆侖墟往駕諒可追至者吾其徒

匆云視華翫市里周盤娛時去壯齒謝日暮我馬瘏
終慚作圖意攬此徒永吁

送趙有章教諭滿還郎步

昔在秋浦還我行淩浩渺尋君郎川宅相逢武陵道
君顏日方滋我髮初未皓及茲陵陽見顏髮非昔好
故心無淺交論詩有深造良意正云云遠別何草々
長恐重見日復此同衰老相知在久要各用谿中抱
中抱何以谿志士懷其衷文興諒斯際道在詎無庸
雍々麟虞化秩々鄒魯風菁莪歌樂育芹采有遺功
持茲從所濟誰謂行未通我生胡不遇亦云適其逢

顔稷千載人趣異心乃同最抃戒脩途庶言玉爾躬

竹山

離離鳳食榦緜亙亘脩巒君子懷靜儀虛貞娟蒼寒
靈區發潛穎崇苞閟幽盤笠隣從蔣詡永結求羊歡

同縣尹張志道徵士黃觀復陰秀才燕集六縣校官葉仲庸池上分韻已而互相為和

分得碧字

江水秋未清林暉午能碧相忘散亂坐幸老談笑劇
以君久寒氈且爾暫暖席同心勿辭飲況有陶彭澤

次韻殿字

堂〻瓊林客籍〻金鑾殿一官嚴州最再調淮縣見謂張也張以丙科授黃巖州判再授淮東六合縣尹人生逐日老世事浮雲變
亦有古宮臺淒涼入荒甸

次韻下字

生日不注官從天得長假年衰豈能高老坐不許下
新秋席為展欲夕尊未罷誰揮魯陽戈請駐義和駕

次韻秋字

白簡刻霜雪黃郎冨春秋時黃以茂材受舉御史薦奇才不世用
高韻失時流卞璞一就琢荊臺安得留應懷鷗鷺侶

憶鳳凰樓

次韻陰宇

喜把手中酒醉搊頭上簪題詩共五客擊節得諸陰謂陰秀才也綺席紫霞散銀瓶黃玉斟相看十年面應見

小集江東精舍園遂劇飲至醉明日次韻呈晉仲教授子蕃遠二學正

良會靡云屢芳辰欻如流餘英謝丹數新柯揚綠柔吾儕阻飛騫此復同淹留書期命求羊更序迨融𤩽墉閟堂邃繡鐍啓園幽矩氅循方折壺搆愖負女㦤蕩遐薄皓景舒明脩酌秩亂前次談緒繹中

缾虛綴斷献爵遍反初酧壇雜感時伏城烏瞻暝投今歡不可永後集重為謀天地苟有盡樂尔竟何愁

次韻鄭復初録事秋夜三首

漫〻秋夜長時蟲號四壁出門天宇高仰見河漢白在世亦有道胡乃自偪側寸心寧中居萬物終我役雞鳴夢茫〻不知誰舜跖

涼〻秋夜深時露沾重衣志士不在飽詎復懷饉饑啼蛄怨衰蕙煥景淒已微屈父從遺則宋玉有餘悲馴致諒以道尔亦安尔為

寥〻秋夜高時物得其心榮華無終玩衰悴遞相尋

微月流西極東溟足幽陰客為哀商奏弦促憂思深
揮置各就寐已亡人與琴

董貞婦

靈鳳懷遠音梧枝傷早枯孤凰棲故林哀鳴哺其雛
妾身固有死豈不有舅姑朝采陌上桑暮辟閨中纑
蚕繅雜絲纊紡織充帬襦家尊足纖溫妾衣自麤疎
怡問審寒燠敬進備饘粥生事一以盡葬祭無違踰
桓〻樹董宗黽〻鞠子劬諄〻賢者從臻〻聖人徒
不幸妾有身不幸妾有夫有夫不終老有身徒區〻
所幸妾有子不顧表門閭膏沐不為施素髮今被

妾身亦有死妾今知免夫

送蒙古學正朱伯新

國朝右宇學海寓同書文渙〻播綸綍皇〻樹典墳
玉堂列高署金閨集名群炳蔚出豹霧雜沓從龍雲
駿〻隮上爵班〻著奇勲朱君海邦彥貳教秦淮瀆
訛刊盡榘矱譯辨劇毫分民務每勞　使軺亦屢勤
将命在不辱治絲貴無棼馳驅易險遠剸割輕紛紜
寘之州郡間詎能案牘殷况近風紀崇兼有霜雪聞
長凡已騰譽次公亦揚芬鴈行在霄漢鶴髮感榆枌
倚門念切〻謁府語云云戍瓜既過期行李不待曛

為友諒兹久飲醇方自醺執手遷將別中心弟如焚
酳我金陵酒采彼青渚芹彼芹既芳潔我酒復氤氲
與子共斟酌用尔達慇懃予生同里閈獨學愧河汾
少小強鮮事動輒期致君道源窮夕汲藝圃肆朝耘
應將延郭隗不願學終軍纍々一章布溷々衆氈葷
區々阻墀闉汩々走埃氛御史才見舉相臣勢方薰
不視禁内草空愧篋中芸況復正端委奄忽就鋸釿
玄紞須在冠黄纁不為裙翩然轉雲夢謝彼雨雪雰
萍浮乃楚實桃夭遂周蕡潦倒歲兹屐垢襪日自帉
秋蒲感衰質凍梨悲積紋戰兢懷俯仰黽勉踐穹垠

鄉評抱素譽壓拜望朱幘不知飾簠簋方期聘玄
哀號疲鴻鴈嗜食毒蝱蝨膚及且竟髓宵念每達昕
永頤来麟鳳長當友麋麚

贈危觀

凍雨洗餘雪值别龍河上借酒操公房持觴竟蔬餉
龍河水南注西逐秦淮流海潮却南上送客有行舟
向来撫州門永懷臨川彦大兄金陵遊市西忽相見
聞名未識面各復十五年為驩兩何如緑鬢慚華顛
前年水門餞金臺煩寄詩送希九成奏長憶五彩儀
周旋子長志浩蕩太史筆名對會有詩歸来定何日

令弟惪連行客食曹公魚既領臺官薦還持府掾書
時年不相待日夕輙屢過政如見阿凡每得懶老我
庭樹長年青池草亦春碧自可緩羇悰胡然動離色
在古有貧仕居卑且娛親不聞刀筆起竟是廟堂人
徇道獨所期徇時衆不可老夫終荷鋤下車灌園左

題洪範圖　續集

洪荒世逾遠混沌日以鑿皇天若有憂聖人茲乃作
貽訓本無言靈物惟所託龍馬既出河神龜復于洛
天道諒繇布人文遂斯灼羲圖闢深閟禹書啓重鑰
八卦木維條九疇絲在絡彝倫攸秩序後繼寔矩

殷后有衰德箕父且狂奴朝歌一倒戈鎬京已旋車
宗器斆微子祀事綿宗都而此繫者天顧可泯然歟
是以洪範陳固與正義俱敘懷皇極建永為萬世圖
亦于仁之行曷敢議其餘吳興念先軌亳社慨新墟
秬今翰墨珎豈止觀覽娛惟應玩意表政在揆毫初

贈縫人

九官各讓德不聞陶虞時稼穡命后稷典樂咨伯夔
掌教固在契職工乃為垂益使掌山澤讓朱虎熊羆
咎繇慎恤刑所以佐治之禹獨明五服采色在彰施
山龍七政繪藻火粉米絺由之自軒轅製用易卉皮

窮亘億兆歲所以資禮儀衮旒正斧扆垂拱安無爲
天下盛觀感於變風乃丕周官備縫人至意良在兹
玄紞與紘綖王后夫人宜自命婦以下朝祭遞參差
後夫以藝專而乃別賤卑　國初具六官百工相師
師金玉雖異局御秩並三同子孫世其官庭階足蘭
芝彬彬臺省中頗愧老書詩書詩豈不好錯置行與
知我知尔不能尔行我乃奇嗟哉聖人學而肆巧與
欺士行苟蔑裂我且謂士蚩士蚩乃上慧昌敢賤視
其早信遠珪幣孰忍棄箕弓客冠不勝簪我髮短於絲

送索都事調浙東僉憲

老容浙東民喜聞浙東使浙東山海區七郡疏星置
石田墾磽确積疊登棧度編居困貧瘠頗復崇禮義
然松夜讀書賣薪給朝饋婦女躬蚕績租稅庶用備
衣裳太麄踈顏色甚憔悴淡食鬻溪泉匏蓏足滋味
兒童知畏官長老怕逢吏養兒充門户生女早捐棄
辛苦力田農不必了生事縣令無魯恭郡守非龔遂
犁鉏遭賤辱刀筆致嬴利況從官賣盐十室九空匱
彊黠騁譁嚚冥弱甘殺戮嗟嚙齧遺骼椎剥方縱恣
每年八九月徯我使者至望望焦釜沃往往烈火熾
伏地靡號訴仰天但悲喟明公稟至仁夙負經濟志

淵源鄒魯學肺腑唐虞治　彤庭二三策至言荅
天意瓊林預高宴玉堂資小試股肱將邇延耳目先
遠暨往年冠尭冕江山發新麗氷霜含春陽嫗煦畜
凌厲漸階繡斧持仍專紀綱地果然
新詔下趣整東南騎白髮海瀕生喜語連夢寐亦知
吾父兄逮及弟子類遂痊瘡痍膏頫伸湮欝氣排閽
出幽閑郤枕起痿痺讙聲名泰和福物下祥瑞英才
不徒生〻則必名世由来文儒用豈但黼黻謂匪幸
一道私四海頤漸被徽羽慕靈鳳蹇足羡良驥栖身
市巷陋揣分天壤異雖後門屏謁自識廊廟器新詩

猥垂錄知己每懷愧無辭莫殫陳包荒尚無難

怏翁上人還吳中將歷游粵甌閩南

秋江夕雨霽微涼生綌衣雲滅青宇空北鴻衆已飛鴻飛向南去而我獨不歸我歸復何所長蛟卧寒浦將攝東海龍且騎南山虎南山虎白額且區濤可驀頭詩悼夫差具禮謁泰伯麋鹿猶故臺草青霜未白亦知舊鄉好奈何懷遠道佛國煙霞深錢唐早晚到靈鷲天竺來虛壞閣飛嶠藤樹各無根窈入蒼厓竅白猿宅幽深秪許胡僧叫馮君唁許由楮棠北峯頭月中下桂子腳底天香浮忽然望凌霄餘杭第幾橋

休尋大滌洞九鎖舞翠蛟神仙固荒芴婦女太嬌嬈
松領行得〻拒掌俱胝石天霄佛殿高霧雨僧廊黑
曇芳蔣山去法住甚頗力長堂粥飯爛大杓喚人喫
含暉五鳳前綿雲尤可惜卻到天目峯有徑近能通
著寺據師子開山自妙公本也亦奇士說法如建水
長恨不見渠白髮客如此衣具塔拜骨崖棲翔老鶻
向来經行處菅草復已沒灊山千頃潭古刹臨崎嶔
長魚一丈五吐氣濕成嵐東蹋青浪堆江流萬折廻
須與大禹問無為勾踐哀西施浣沙處行〻過日鑄
茶生如穀芽細摘為之住山庵老布衲鮮道喫茶去

樗浦與黃沙溪山轉復嘉天開四明洞頗多蓮社家
大士翁為姓齋餽盡禮敬釋包天姥雲結屧采藥逕
蒼顛即仰上膝跐築領項朝彩發春好春香擢浩蕩
徑二三五宿直萬八千丈劉阮桃如瓜溪飯熟胡麻
石橋羅漢菓晨供退靈蛇金地況不遠定光搖手招
最上是華頂夜半見海潮海潮何由見日浴金幢現
日中鷄一鳴天下聽雞聲人間何萬衆昏夢一齊驚
屠販襍輿馬一是赴交征山高下重褐山半蛭綴蟣
不如山下人徼繇啼餓殺迤逞下赤城倉茫丹鳳鳴
昔年騎虎人饒舌説兩生至今閭丘守合掌跽岩扃

鳴巖聲在足寒巖石為屋古 縣古丹石鍾巢宿蝠
神僧踞蛇口野媪脫魚腹水落空石灘 猶在陸
桃花入百步且過仙人渡張公一匊水黥去面如故
天台仙佛窟卿夢俄超忽白玉未歸人黃金果何物
嘔血賦長詩搔頭惜斷絲還知鴈蕩去重有龍河期
東甌地接連南閩道逶蛇古師雪峰老請客木丸兒
萬里倘可遺頭書慰相思

鳳瑞送楊莞勾赴西臺御史

鳳瑞下平世豈必一樹栖朝鳴江梧東夕語隴竹西
伶倫奉軒后截莞相與齊和音諧鈞天衆聲次昂

鍾肇大律四序乃不迷天地一以凖物造竅先侻山久寐寤楚狂歌徳衰寧知仲尼後百世聞喈喈千仞姿翩翩五采儀群羽相從之效戢各參差因農勸鈎輈緣客悲風俗或有間道路相是非君閔西胄清白振前遺官居掃一室蔬茹備晨炊馬交蓬堵捫蝨親布衣布衣無所言時頗有為新春刷驄馬況今當遠違揮策長江漎巒清渭湄載歌周雅篇復詠召南詩

題馬圖

一馬共一槽一馬獨不食騏麟在羈束萬里未盡力

豈不念一飽俛首悲向櫪奚官倚脩柳面目好顏色
池定何許天高莫雲碧

題鏡開亭

方池開淨鏡湛水涵虛象空光納朝陽承塵澹清漾
以感物故至靜含動狀還將觀物心宴坐池亭上

題蜂雀圖巖釣隱所畫

觀蜂雀圖蓋取封爵喻雀喋據高枝蜂閑緩飛去
剡茲風日佳忽若歲年莫搖落漸復稀榮華豈如故
所以嚴灘人千載保清素

次韻鎦伯善康克正新春游治城謁卞壺墓

青陽啓初歲朱旭煥徽暄編懷東晉國漸及西州門
宮庭今始敞林墓古所存新萌集朝露古對酣春雲
乃瞻傑棟起恍若高羽翻忠精諒斯在族緒尚茲蕃
獨懋數友陪再拜千載墳自從司馬地誰似卞將軍
寧辭下屈膝且欲詞招寃皇皇晉南渡往往齊東昏
藩維每輕視叛亂不可言朝臣徒偃武隱士且移文
國事既擾擾兵書謾紜紜位忘天寶定勢欲雲夢吞
謀謨失上策板蕩幾中原雲黑垂天鵬濤白橫海鯤
星妖未隕夕日馭將及曛地軸換块圠天柱撑昆侖
孤臣衛薫霍二子育與賁蚤知盡忠事亦懷罔極恩

将貽百世勸豈念一朝勳當時遽尔否此道定諸坤手足衛心腹柯葉蔭本根脫生愧人世寧死萬鬼隣少小史書見始終父老聞情至劇造次物交恒糾紛幾萌一毫間差遠千里分可憐甘瓦礫直欲讖璵璠食蘗乃知苦食桂乃知辛遐哉志士心可與俗夫論

贈畊民樊秀才

溪南得新雨微萌浮綠垌晨及聊負耒初旭破高冥慈狩遲鳴犢小茉揮柔青角端帶春泥亦復掛一經迴緣即竟畝取讀輒為停池塘稲白芽感時含帝靈嘉種在良播我生安得寧苗長重耘耨況恐生蟊螟

木葉託潛魚岸株依倦蝶炎〻肆杯觴梢〻却紈箑

送張志可侍父之奉化幙官二十首用杜少陵萬壑封聲滿千崖秋氣高浮舟出郡郭別酒寄江濤為韻

張生抱天秀少小從親宦夙慕東魯生歷事南邦彥暇力既昏晨讀書忘夜旦茫〻天壤間碌〻兒子萬涼日在原野西風動林壑州城界溟渤崦潊互參錯良牧徵自今窮俗慮非昨采〻老萊衣婉〻夫容幙靈飈散餘暑夕氣澹空素征車戒初晨行道畏多露英〻紫騮駒矯〻青雲步往哲良可期脩名庶茲尌

燈火近在水樓臺高出城人家文作俗官府政如清
静晝下山氣寒空浮海聲長裾曳戶限日々見諸生
遐邦搏桒漟仕々仙所館海近天易寒山多日如短
庋巷青霧深開軒白雲滿故家富積書仕借手自纂
新州涉湖江所歷道里千緑對被山路白華生鹵田
鹽徒盜兵器竄戶苦笞鞭鎦滰始專利而今甚可憐
山中士有道置屋上縣崖坐嘯鍾竽合行隨麀豕偕
茸衣牽葛藟煮飯拾松釵見說幕官好問卽時出街
遠郭人烟晚寒江魚蟹秋黄柑金箇重白稻玉精流
輟誦臨虛市親調進膳羞亦知官僕府有子復何憂

高月滿席光多露襲裳氣朱船蓮葉芳赤纜柳根暨
起為清夜吟遠有太古意南飛雙白翎沙頭故無睡
群公集清滸出祖發江艘碧色澒空宇望來秋氣高
為子諒有道在世豈徒勞尊親況未艾微霜瞻二毛
生人俱幬載舉世異沉浮客厭翟公第妻憎季子裘
割席亦高義多金無鄙謀如逢魯連子一咲壁空投
亦聞東海上登望見瀛洲雲開遠仙宅風却近人舟
珠對夜色滿藥山春薌畱倘值徐生輩為訪始皇遊
涯居面沮洳瀕路轉磽确巖精徹夜語海怪有時出
塗人相如鬼天使杳禮佛陶公五十畝便可盡種秫

四明古名區天台接旁郡幽居無俗家靈苗長仙菌
海底日見浴峰頭天可開有方即請遊山輿窄如畚
谿橋長入村海舶不到郭山　香滿籠江蛹脆堪斫
朝登白玉盤莫獻黃金杓取釀石中寒水甘酒不惡
山中官久居水上子當別固欲船少淹數遣酒更熱
去里顏如脂還家頭滿雪還過賢父子我行亦
仙翁日採山長生視能久松根茯有神鋒盤窖如酒
僊人來海上珽訣掇肘後看君拔宅上墮地徒井臼
平生江海徧及老乃茲寄瀼畦給蔬食養子昧書義
親交如里人見客不忍棄攜家甬東州或久甘海味

民厚靜開戶官清深見江酒行山客幾花發野鶯雙
冷署霜生座高眠月滿窻而翁在城府自謂鹿門龐
霧樓朝吐蜃雪屋夜翻濤蕩薄淵人怒憑陵海容豪
盛時瞻

北關往事感東曹喜有鱸魚鱠朝朝出網艚

檜亭稾

天台丁復仲容甫

古詩

五言

同永嘉李季和孝光望鍾山聯句　續集

鍾山日在望匏繫未成往我本忘世人孝光誰能久
塵鞅窮猨尚擇木復冥鴻不離網蕞尔升斗縻孝光
迺此尺尋枉川江亙迤邐復天地一莽宦罥氣遂終
陳孝光山名猶姓蔣榮贏結幽蹤復拔茹傾勝賞蹝
林萬虯伏孝光獰石群獸仰雨晴虹霓裂復雲熱鸛

鶴響靈骨瘞浮屠孝光癯趺踞方丈陟閣鷹巢危復闞户蜂房敞禪林矗稱一孝光梵刹新闌兩苾蒭仙城喻復獬豸嚴駕上一人蚪小月孝光七佛築峻壤狻猊畢玉除復蝌斗胥銀蝠庸超謝膻葷孝光媚禱懷肹響俗子空甲栖復至人廓遐想相期訪龍蟠孝光何如游鴈蕩窓明誦楞嚴復林昏過魍魎終然千仞巔孝光極彼九川廣圓龕坐覓心復方具跪合掌攬秀目顒顒孝光討幽心養養沈綿阻客遊復奭塏聆人奬境虛雲壓闌孝光江遠浪浮槳揮清宜麈尾復翳靜便鶴鸞域分三國鼎孝光淮湊百川輞喜

綺冠復倦曳緑玉杖朝晴竟崎嶔孝光夜夢猶鬅
鬙祝酒遺詩魔復搜句搔拔癢深推衆壑宗孝光雄
據諸峯長眼碧覽益遠復髯白聯苦強地籟息箕歛
孝光天絲遺女紡金聲調危鐸復石華繡甲礫騎驢
約茲後孝光驚猱記疇曩貲罄怨支離復腹果歸莽
蒼閭休务席孝光敏奪雲門捧竹露曉衾濕復松
飈秋髮爽玉樹異風標孝光珠林星朗躡屐去後
齒復早炊囊宿澆弔古重追尋孝光披荒增慷慨復

檜亭稾

天台丁復仲容父

古詩

七言

送周士德還北　前集

東風吹花繞白門南人送客開綠尊綠尊送盡客當發白門惜別花無言周郎挾書南州讀濯髮春江水如綠功名早年一垂手鄉里老人皆刮目巍々廊廟急需材明日辟書天上来鳳凰翩々下午佃羽翼五彩江南臺南竹有实梧有樹歸飛即向岡頭去霜風

一肅天地春鬱作雲雷散霖雨老夫借屋隣僧房門前蓬蒿十丈長目力苦短耳力強喜聞斯世登虞唐

題畫馬為方遠上人賦

上人超世資脱然了無為猶有愛馬癖或比道林支天馬由来出天池西大宛國乃有之房星冩神孕龍漦雄志倜儻精權奇飛行滅没電莫追空塵留烟不得窺月氏之子那敢騎漢武遠慕穆天子欲隮昆入遊具茨遣使先開王閬道鳳頸鳥翼初就羈王良造父死已久當時不知馭者誰唐人為馬置馬監奚官果是何物兒況復教之作馬舞跪拜起伏取咲娱

伏能鳴輒引去俛首低摧青絡絲欲從駑駘服轅下局促動遭箠策施非徒喪志失天性病骨瘦，如剜錐所以韓幹為畫肉不忍神駿成凋羸大漠茫茫天作涯飢齕飽卧驕且馳蒲捎肅颯輕風度苜蓿參差新雨滋胡為束縛對厮養長嘶無聲情內悲我豈伯樂知馬者意與馬類傷馬時自從眼前見此卷把軸起坐歛更披上人之意無乃尔咲絕長題畫馬詩

寶林丈室所藏子昂飲馬圖

奚官小臣職奚為馬飢則秣渴飲之龍媒八尺千里姿雪花被身雲陸離徃徃異種來天池乘輿重惜閑

馳驅河清海晏無盤嬉壯士老死不得騎御柳春深
白日遲寒氅凈汲氷花漪目光注電吻沫脂振迅欲
掣青絡絲奚官小臣謹厥司猶恐若後何譴訶不必
前身作馬通馬語人心物性在善推嗚呼奚官小臣
身賤早馬不如人愚亦知奈何為人牧重爵厚禄不
卹民渴飢剜刮膏血剔肉肌坐令溝壑轉老羸令之
龔黄卓魯誰雲林藂社時所師為出馬圖陳馬詩

題百馬圖為南郭誠之作

一馬百馬等馬爾百馬一馬勢態異龍眠老李意脫
神代北宛西無不至樓蘭失國龜茲墟玉門無關但

空址蒲萄逐月入中華苜蓿如雲覆平地始皇長城
一萬里漢雨平漆窟中水將軍昔有李貳師尺箠長
驅萬騏驥當時無乃或爾遺紇飲翻沙縱眠戲就中
驍黠嚙與踶或示仁柔奔且逝循坡屹立意度閑下
首當膺若多智昂頭振鬣彼者雄似恐世間無猛士
輪臺詔下不更求蕃使往来知禮義不徒嫁女事為
孫抵以金繒相贈遺茫然圉牧不知誰牝牡驪黃交
乳字世有伯樂不顧逢御若王良空善技汗血溝珠
胡爾為無能安並駑駘視唐家太平有天子開元天
寶周四紀是時天下政無事深宮每欲妃子喜教之

舞数政如此漁陽鼙鼓動地起禄兒見慣亦有以可
憐零落四十匹後来值得田承嗣

醉歌贈雲心子陸華之

雲心子陸農師之于孫老来賣卜錢唐門搜玄抉微
擘混淪進退五緯扶兩輪皡父及芒兒束手就律呂
不敢差毫分前身定是張博望老樹倒上騎昆侖投
杼機上女飲牛　畔人與之細説天地根却來人世
二千歲君平朽骨呼不聞功名富貴無足云秖談禍
福開盲昏得錢沽酒和天呑赤城有狂客十年江海
看浪翻歸来黄塵中拭目驚見君抵掌一長笑各拂

頭上巾別時緑髮滴可染秪今雪繭鑠吴盆少者忽已老老者不復存政須日日醉倒湖邊尊尊已倒還再沽不愁黄金盡但恐清旦無舉手招羲和低頭喚天吴勸尔勿東逝止爾毋西徂西徂不可止東逝無窮已囑付酒家兒明當復来此

送孟久夫還内臺掾

陽烏本是日中物下来古柏棲氷霜南枝不如北枝好北枝近日揚清光揚清光散朝彩鳴鳳高岡久相待天涯亦有鴻鵠群莫使冥飛向雲海

次韻酹項可立

王侯之門無固帶天下紛紛望桃李前年已聞罷塵
鳴盛時未見歌麟趾我亦江湖一散人倒着扁舟來
甫里平生項君喜見面日以詩書相砥礪支持大廈
在梁棟今閒遺此梓與杞姑蘇臺上弔夫差滄浪亭
前悲子美青春寂落一杯酒白日蕭條二三子人生
有時遇不遇孔子猶然歎雌雉高齋幸不廢吟哦自
嚼宮商含羽徵羹魚可有松江鱸苜蓿闌干充貳簋
紙帳宵酣竹外風銅缾曉泣花根水有人携妓或東
山為客開尊誰北海長腰白米自可炊斷股青虀仍
雜旅客中一飽亦分外稍自損之令近裏屠牛酤酒

趍下俗頽然誰能為之起肉食者謀不及此我亦任之而已耳南國花開爛如綺酒光照日生雲母為君痛飲為君醉自古濁醪有妙理

送方伯華巡檢還池州

我昔作賓余禮部君正讀譯秋浦城水車一嶺身不到芙蓉九子眼同明右學應時時不舍翰林承旨徵書下金陵僦屋坐五窮郡史乘軺勞數過十年遠作信息稀司征司警馬騑騑十三灣頭客樓上把手驚見長須顛買酒治魚各歡喜玉堂況有余公子春中相別秋更見紅燭金屛照新美會之宅前雙燕飛我

留呉中猶未歸江村舊識有父老口説将軍政不遺徃有豪客住村舍白日把弓騎大馬酗酒叫嘷隣社怕将軍捉之不勞把弓兵積年強肆欺索民秋穀夏麦絲舊官脅持新不知将軍舉籍簿黜之将軍所莅大江滸晝犬不吠夜開戸将軍所巡亂山深雞自伏雛彘自乳小鎮有官〻無廬署床著廟當香爐将軍来茲一長吁曰衆汝来營其初府有氏塗樂乞地将軍出俸衆諾暨作門作廡作廳事廳事居官廡居吏邏宿囚拘皆有置黟堊丹髹無不緻戈架弓檠鉦鼓備昔重以難今易〻報政到府即我居舉用叩之皆

謂如咍然起為攬其須君能如此良起予尚書門下如列株自今視之櫟與樗若君之材不負余四年始代且上超治縣佐州府路俱手將赤牒来中書顧君努力為良圖慎厥終始當不渝肴果在豆酒在壺酌君酌我日欲晡浦口好風吹舶艫去去勿復久踟躕亦復勿論異日馬行與車笠我固安之命則殊

寶鴨曲

銅池織風翠波躍睡足暖烟飢不唼重簾木厭雲水姿華屋清深寄閒絕生殊剥花紅錦翅枯咽半濕薔薇水寶燈夜縣琉璃光恍若淡在滄浪裏　筵慢舞

得嬌饒指痕黵染羅紋細就中恐有　纓人誤識韓郎衣上氣古聞爲化之言豈虛語願學飛仙作雙去

題錙堯輔觀瀑圖

錙侯校書天祿罷向人輒作山水畫長巒老樹翠欱轉瀑崩崖練花瀉玄冠白袍閒子誰濠梁漆園忘世者京都塵起碧於雲炎洲瘴來疾如射揮毫定憶龍河上挾颶久睨匡廬下

送銛仲剛之吳中兼柬柯敬仲博士

奎章僉書博士丹丘生七年不作官歸來東吳隱其名東吳日夜大官過姑蘇古臺高作層百花洲春紅

錦成二八女兒歌好聲皇〻四牡東南征歇馬坐船
貪浪鳴嬴夫一日走百里愛説此是蘇州城蘇州城
中亂如蟻總管以下皆步迎我此時惟有博士閑門
吽不應白玉未破荊山璞卞和識之遭刖刑頗聞有
田作里正五品朝士儕編氓有田服役信不免有官
免役宜有程陶潛作令不愛五斗米種秫五十畝當
時官秫如何徵當門又種五楊柳長條拂地如馬纓
春来飛花散林坰一點入水成青萍青松黄菊更三
徑把酒長醉不願醒試從紫桒栗里較遠近不知幾
十里到先生南山之上京朝耕肆微勤夕息憇柴荊

簷下一斗酒或與隣父傾九日無錢悶自寫循籬滿摘黄金英白衣送酒自遠至江州刺史有王弘銛公日本異玉府青瑤瓊寶光不讓星斗明寅年在金陵老復在遠不得見夘年臨川来虞公作文更令子弟賦詩歸送扶桑國政如一日連十星我聞之大道如日每圓滿小德或者随月生虧盈天固以此視人世我人何以與世相與為變更銛公尓来一日即索我詩三百首尓不来秖復索我白髮何千莖

王将軍歌送瑞卿之劦浦廵檢

青天白日散五雲酒酣起别王将軍劦浦南原五十

里君恩如天無遠邇百丈牽船上湘水蒼梧九疑雲
猗猗劦浦更在雲南頭嶺中小官君莫愁生猺亦是
天所產賦予五性為人儔渠豈不知官好惡怒則猖
狂喜還樂近日大官虎噉嚼骨肉可羨髓可略等以
遐荒視宛洛我官我強民尔弱鄙夫魚蚕肆椎鑿是
故不堪免乃作前年道州殺人去太守萬戶走無路
賊去官歸徽聚酹彼亦那知有其故將軍舊是廣東
使屬州被患往相視此迹彼情知久矣今官況是猺
之方山嶺迫小官無房未足展仁化但用謹備防出
入買賣無相妨徃來見之等尋常殷勤趨庭使下拜

喻以天子仁聖臣忠良詔書下天下恩被大汪洋尔亦具人性不謂殊遐荒順之則尔養逆之則尔戕尔豈無婦子尔豈無爺娘尔如彼之賊彼豈不尔償彼此相賊之於尔亦何感憲府選清介提挈正紀綱帥府示威武斧鉞為弛張我為小官勿我小能對大官説爾之肺腸應令猺子感眼眦垂迸漿將軍將軍我三十年之弟兄贈別臨行無所將用此無我忘

網魚苗圖為戈伯敬題

江波渼漭瀁林木欝森奐萑葦蘆欂舫雙楫犬吠雞鳴自姻鄰中有小船遞還往大婦躡機女緝紡小婦

抱乳姑負襁男兒曳罾翁守網篷底橫吹亦寥亮桐華落　春水長鹹大魚苗暖方上山中之人師陶朱門前食客歌無魚通泉鑿池潴凹洿崇堵踈鐵洩其餘斷　如萍事腹腴健夫小憤造逑圖布襦短袴凌崎嶇籠肩袂接歡来趁大公冠襟坐沙壚石量籌㪉較分銖乃知貧者義所於危觸巔傾贈滿杆歛同所有無空虛五十九翁老白鬚蚕歳山林晚江湖往〻論世從樵漁降日以下道用殊家有百萬儲同室不得通有無甚至父子間相與為秦胡不獨一斗粟謡之漢西都不獨紫荊樹乃為田真枯我聞天地賦予

同厥初邈然千里始一膚判而若是胡為乎吁嗟乎不敢賤此下丈夫吁嗟乎不敢賤此下丈夫

祖孝子行 祖生名浩然字養吾

上干戈定亂建安小醜黃華叛畬豪軒滅糜如官軍虜掠無平民浦江近縣祖家婦小兒六歲啼母烏翔野樹心欲飛花發階萱淚如雨多情最是頭月夜〻空堂照離苦惶〻二十八年秋長溪未抵雙淚流若有神人說消息汝母落在河南州河南州府名無數陳汝許潁在何處泣辭嚴君拜庭下歷江淮遠尋去險逾絕嶺下大湖康郎彭蠡大小孤

題書還家紙痕濕焚香禱空心力劬舒州官司船盡
拘揮汗困走赤日逐棠梨館中風雨惡北陜關頭庯
夜呼盧州馬監人姓胡重憐客苦借蹇驢汝州魯山
亦易到道中有客還閿無阿兒念母復念父五月二
十兩初度壽觴漫對天涯舉阿在誰家兒在路夷陵
店主稱捷徑少减路程還到潁家兄官滿夢中歸小
弟棄官非為冷東門上蔡絶晨炊西平枝官干羅詩
四句作客長驅日半夜懷人獨坐時鵶路山前聞笛
處牛歸莊上梧桐雨崔橋得信喜何如况有神人目
圓語中元唐州别盖鄉母子相逢淚幾行兒方童稚

齡壯母過中年髮已蒼淚盡喜色始滿眼百拜燈
前進壽觥人情半月暫留連奉母却上唐州船家人
日久占烏鵲客舍秋深聞杜鵑習家池傍一尊酒
秋更上船中壽姮娥不放月照人澁雨酸風一何歸
江村社鼓樂枌榆為母就船買鯉魚漢川風冷星
動病中先有還家夢江州饒州又信州奔湍逆折歸
始休登高耶送望鄉目曉日板輿初就陸赤脚疰婦
夾路迎白頭隣嫗牽衣哭母有孝子歸鄉關我有去
兒生不還咲貌未改語音是較比去時差老顏閩方
盛有詩書族賀辭争擬朱康牀千年相去獨有人如

生浩然繼其躅養吾攜歸無弟妹壽昌當年無父在
如吟咏發性情絶勝血經求懺悔朝臣喜聞祖孝
叙事贈言書滿紙何不聞之　聖明主爲述亂離
侍青史我聞　皇元之　烈祖應天順人示神武潢
池盜弄赤子耳胡乃官軍甘殺虜阿蒙覆鎧斬鄉人
小國之吴民按堵

石門之奇送王達善山長　續集

石門之奇天所治兮天不有以爲居神龍本爲魚變
化鱗鬣擢拔頭角轉浴山巔之凹渠倏忽作雲雨倒
覆玉丁乙萬尺洗此汙濁淤水湧不得出横厓作關

疊雉如卷然一掉尾劃霍中開樞兩幹馮夷不敢停
為潴耕樵幸得迭還往對竹亦復交扶踈何哉爾為
學仙者謂藥瓊臺樹銀闕大清之都兹所廬白玉琢
成星斗佩黃金貼　雲霞裾山猿晝啼有天性土后
夕咎回地輿星中况是　徵次天上何来使者車咍
然下者　齒屐前身謝公将匪予相從隲降襍稚耋
但值甛坐設詩書由来所性本其實不學爾腹無乃
虛隐君即起七民氏作宮因為多士儲何其蔵脩勝
夫勝而乃荒穢久弗除學官有廩爭獵漁學官無
方拮据今君此行亦良苦千里奉毋甘旨於臺官

舉為才俊固見卓犖非紆餘采山有蕨斲地有藷仕
亦有階子姑徐ㄷ高雲五色開閶闔北上焰光非子歟

送李光大之海北憲司書吏

我聞之徽之黃山秀之聚三十六峯比如敵文而散
去不可數周環紆餘蛟鳳舞翥之為石天所斧眞宰重
重惜保其故仙者不得開洞府李君乃生貌清古毅彝
周鼎冰雲貯而有錦繡之肺腑丈夫用世當不負他
年抱策上京去蓬萊宮深隔烟霧弱水三萬不可度
祭酒先生綜見取忼慨登樓念鄉土奉檄南歸大江
滸古木陰ㄷ覆韋布御史殷勤再三顧叩之使言見

平素小却黄堂掌書簿㘽〻泥途塞中路白璧自持
終不汚前年妖蟇月更吐天下秋風吹桂對炳豹文
章墮群瞽八月錢塘潮亦怒竟無愠色向人前但道
命耶多謬誤行臺二十四松廳衆更竒之交愛護百
鳥啾〻徒下處一鶚空中肆高舉憲司十道虞有罟
紀綱庶政祛殘蠹三在炎荒鼎而柱五羊八桂窮險
阻綦介南北海為部民黎雜居性豺虎俗嗜相殘躶
負弩濵而水採名蜑户一從孟嘗去合浦珠不更還
遠無賈臺官擇人如善估以君政似王夷甫長干置
家坐空窶遣佐繡衣蘇病苦君今此行人共許還珠

奚翅瞻三語夷齊有心當弗沮君其勗諸報　明
主道命之行澤施溥萬鍾之賜安厥子

送黃學録歸番陽

有番之山嵯峩而嶔崎連峯結絡如旛旗或為夫容枝或如長人善須眉高冠大服佩委蛇或如蒼蚪奮角鬐下赴巨浸長雲披彭蠡繞其側波濤相盪擊羕淼而綿彌斷嶼如落星鞋脫處女兒碧落影倒垂深為宮府居馮夷壯帆硬艣橫絶之行人裹糧備爨炊片時竟月不可期旁有城郭通灣碕曾甍複棟相蔽虧晨鍾一聲步騎退何者不為利所

移山中美茹多紫芝山中之人歌自怡子弟秀發
前墀朝供畊耘莫書詩松檐四繞生靈吹青變
笙聲隨藤床坐聽咲攬顱先生之樂〻莫支何来三
馬驕且馳皇〻求賢心渴飢斯人不起將何為先生
之徳衆所推錢穀幾何吾欲麇強人始居不得
嘗委吏法聖尼會計之當明銖錙有司報政褒典
薇垣下札涇縣師先生弗就奉母慈蕭〻風對驚
悲援琴惻〻制如斯秦鑿宛入江連漪番山北下亘
海湄金陵學子袂成帷先生来糾無煩歌芹老秋
香滿池翔鳥古柏啼朝曦二郎且復分皐比先生

大穟既垂地實粒充前庭西成本自力庶受一匕馨
上奉君子養妻孥得餘零奈何吏詬呼晨夜扣門扃
場雞飽秋啄濯濯五色翎詎辭烹鬻勤尚懼笞箠刑
所幸縣官賢牛刀清發硎承宣推惠化不敢負明廷
昨日新酒熟喚婦開大瓶鄰父相與要歡言坐疏櫺
一酌誇好年再酌頌高齡齒壯漸亦老情真那可
長兒了婚娶小兒任使令鄉士本惟月庶人本惟
不見游宦塗萬里勞輜軿寧聚若居蟻無散如流螢
囂囂莘野中商聘不足聽

題句容趙氏松磵堂

愛客趙公子春登松磵堂展廣翳長蔭臨流進餘觴陽漪動五色天聲散幽篁無謂山笛詠此樂殊未央

題秋江晚渡圖

白雲在青山紅葉爛無數亦有東青枝長松共茅堂當樹間江光澹凝素扁舟不可呼誰令汝来

讌郭氏池亭以杜詩荷净納涼時分韻得净納二字

空光皛虛明水色綠以净短柳烟未深弱荷風不定華觴勸行數綺席肴俎盛故人禮意殊衰暮懷感并臨虛結清構曠景争獻納靈禽故時求上下相命畣

月来金滿花酒光蕩月天無涯杯痕倒瀉月入腹月
興惱人情不足杯空仰天月照目顧影翻憐月孤獨
夜深月冷霜雨天勸月不飲月乃賢置杯愧月坐月
前月謂汝飲天之緣呼童就月即更酌月故憐人月
不落月在憂来無處著但恐尊空月相却我不知曹
老瞞明月可掇憂無端豈不聞嚴家灘漢月不滿
裘寒非熊辭月就西伯夜〻渭川空月白未如
灣頭客釣月取魚賒酒喫忽自咲把酒問月者何如
古人令人月在諸金尊照月長不虛胡為捉月騎鯨
魚青溪好月連江湖迴環九曲月若鋪我今亦願為

月灣釣者徒磯頭展席為月沽酒後耳熱酔舞明月歌嗚〻

題息齋竹為袁仲芳賦

息齋老仙不可呼封君千户渭川都緑雲拴纛翡翠跗眼中萬箇森相扶澄波縣影倒玉壺飛煙淡拂幾如無當時可人商德符　仁皇邸西作浮沓不喜神駿遊八極復愛勝絶羅眾區素辟不得畫神𢒉亦不得用金朱塗但令水墨寫河嶽蒼松赤檜盤根株此君政爾在所娱臣術筆妙生湏史往〻袖　立商側口雖不語心胡盧商也蓄機致李眆積疊壑谷空其

餘一朝清風吹鸖車雷繞左右龍徐趦指點謂此何
所須古来豐鎬王者居渭水東来是為墟群流如輞
土膏腴地産宜竹連沮洳衍應補之臣弗如一時
京都傳盛事走方年少宗為迂空塵成雲下步驅明
明柯榦照鬒須緑色不愧竹與俱老客江南搔雪顱
見此秬復增長吁何〻當〻喚〻起〻二〻大〻夫〻

題稚川山水

江光如空山在天好風佳日散晴烟緑陰成蓋崖峀
連野橋楊柳亦娟〻擔簦之子何促速況有荷杖當
我前茅堂獨坐豈待客或者傲兀忘流年又疑浣花

溪上叟索句未得掩兩肘對對不語胡為然將非得詩不得酒好客不来兩何有耐可有酒有客無詩篇出門諒不可天地鳥用我乃不使之老為農畊種南山田陶公秫熟五十畝往〻為酒愁無錢不如兩漁翁靜釣春江船有時掣得十尺魚紫鱗耀日錦色責魚買酒自可醉仰歌明月披簑眠金陵美酒斗十千老客抱甕雙檜邊長日渴吻流無涎六代江山眼中好六帝池臺沒荒草五綿驄嘶滿道歸来輒向蓬莱島蓬莱島海上仙凝波倒影髮正玄百年未信人能老大咲長呼羅稚川

贈送擇中記室東游

東道佳勝方蓬萊不獨四明與天台一從錢唐判吳越好山無數東南來政如颶風作海氣水湧巨濤空高作堆鼇掀鱷舉聚鱗甲龍君擁節驅群能衆子各〻起頭角振迅爪鬣爭從陪老蜃長噓作宮宇自獻所寶刳其胎鰌鯢戲鬪觸乃怒健撞動頷破厥鰕蟹不得寧須螯競奔摧天公不復令水處置諸平陸居乎哉所以巖巒洞穴互參錯從以培嶁尊崔嵬銳者若劒戟峻者為樓臺方布即平嶂負斷乃珠現遂成永巷入劃作天門開缺月聯象曜崇雲畜崩雷

華蓋覆玄極臣垣播周迴文昌序六階外屏環杓魁
諸侯匝藩衛四夷乃賓徠仙佛雖殊流聖賢玆乃胚
請從會稽鎮五雲欝徘徊好在若耶師還應具尊罍
明日曹娥渡平潮浮小桮摩滓色絲碑殆恐生莓苔
梁州槁平曲姚江舟下推頗聞蔡邕墓緣草生荒培
何妨片時駐為致千載哀鄞江州所治城郭擾雙隈
過橋訪程叔草逕豈無媒治術竟蕭瑟此心無乃灰
丹丘我鄉里白髮身未回靈溪尋藥草自可細沿洄
應逢石橋瓜露欵含丹腮稽首別尊者遥瞻雪毰毸
傳語諾詎羅獨宿胡彼敦因之游鴈宕海船帆高桅

崎嶇水簾谷興蔔勞山㙻玉女婉相待宵若聞徽咍
忽憶金華人乳慕啼初孩應將仰北斗慎勿問南陝
初平牧羊處白石卧霜荄臨高發清哦寧知念屣屧
蘭溪柁伊軋巖瀨水喧豗羊裘傲萬乘鴻名騰九
攝衣顧為作合掌坐笑軒晃空塵埃鷗夷浮江怒行
汐寒音吼雪牙欽〻歸來一笑鳳皇下孤山正發
逋梅先馳一枝寄河上幽窻遠杳然龍媒香聞似非
自然者不語各以手承頰西隣短褐將兩肘檜下恰
灌乾暘栽相期更復藉落葉是去是住忘疑猜

贈杜一元

盧陵奇勝獨未識夢去夜踏霞五色仙人手掉金芙
蓉倒向西州咲相擲秦淮水上天影位水底喔〻啼
天雞明朝恠事即走覔劉郎捉手水門西眉間黃氣
泱面耳稱好不休談杜子梁鴻孟光病不理抱枕十
年今日起清晨把鏡整髻鬟自道更作来人間中箱
黃雀毛羽健為我快致雙玉環杜子胷中置六籍江
日如年閑高稷傳家況有軒峻閎展手活人非我職
六一先生空有文平園綠草秋紛〻文山頸血久寒
碧舉目但送春空雲詩聲往〻脫祖骨霜氣橫空飄
俊鶻并州健兒快馬馱握槊沙場縱驅突韓休市隐

聊復嬉下馬每受臺官知得錢買酒喚明月相與飲者同襟期不作東風吹杏樹秪有春香滿行路遼東老鶴未歸家乞藥時煩桂傍兎劉郎喜事良可書苦吟倚徹兩檜株庭前采〻三鳳雛陰德信有茲其符

題烟波雲樹圖為楊元清賦

江鄉自是多烟雲綠波青對渺不分小檣大棟隔兩瀆黑犍如蟻人如蝨布帆西来飽風色寒聲動地秋絲〻黃蘆白蘿搖斷渚坐客回頭聽急雨孤蓬遙〻半針許健剌沙灣送風去亦知家在前村住百年即合老為農六十江湖禿鬢翁而今借宅六帝宮眼花

霧落天濛濛夢䰟不到潯陽浦為人愁水更愁風

題錢舜舉青馬圖

青馬自是天麒麟奚官引出羈絡新垂頭緩行意態馴緑髮不動空無塵聖人不肯事東巡千里一日志莫信頗有吳興為寫真

題昭君圖

曲逆老失計婁敬因自侯深宮如花人遠嫁龍沙頭龍沙萬里遠遠嫁不復返長思漢宮中怨淚日在眼淚眼不可止嬌姿看轉羨琵琶寄深怨繁聲紛在指面向空騎妥袖曾蟠龍視窈窕信有沙地少旌旗捲風吹馬疾

琵琶無聲長掩泣駱駝銅嬰寒湩滿雪花瀉注玻璃枕單于跪進苦勸人穹廬夜永氈毹暖千年世運天所移聲教所被窮海崖男盡為臣女盡妾琵琶處處民熙熙

次韻過無錫

水入歸墟長不枯穩臥一葉凌蒼虛青年漫浪老白髮歲久無乃安之乎只今起動金陵滯臺章日日提英乂蚤期抱槧當濟時豈謂能詩謾驚世東家有人作金塢西家有妾歌玉對相如也有子虛賦襄昜自愛不才句喜來二子足倘佯春申港頭秋雨滴長河

可榜海可航好著青錢乞三老我亦挈家還我鄉

題王弘正白描唐十八學士登瀛洲圖

天策將軍龍鳳姿十八人者皆英奇乾坤旋轉豈無意風雲會合固有時唐虞盛際九官爾而此乃復一倍之神物在淵衆鱗集五彩下德百羽隨後來可惜貴才俊秪遣上古歌雍熙河汾夫子講孔道弟子僅以功名期當時房杜亦可喜管仲器小寧無譏儒冠一著道士服豈謂老氏論無為穎達祖漢疏經義宜於聖奥初未知歐虞楮薛尚筆翰一戈何足窮毫氂魏徵王珪差鮮事亦足以格君心非玄武門前起倉

此夕正北一枝園碧雲向来南枝一蒼翠物隨世
竟憔悴對木猶知曆數然萬方一軌趍争先中原
出載馳馬褋重譯来貢犀象連奇珎惟見動人意往
往官人外存義或者因之并亦無髓鑿筋剜剔膏嵌
縣官上吏皆可訶蒼梧縣尹當如何前日生猺冦海
北殺人不異雞與鶩蒼梧有民〻上古十洞連隣姓
槃瓠令尹先惠十洞人教重弦歌令威武兒知讀書
父識官縣尹有歌民樂安笙歌教樂虞皇廟猶似音
聲京洛好阿侯莫作北鄙音霜氣不来雲色峭

檜亭稾

天台丁復仲容甫

近詩

五言長律

金陵奉餞趙公子（去疾）理問侍平章魯公（世延）入蜀歸秦次韻龍翔太中二十韻　前集

平章向三峽公子奉雙親祖帳聮褚盛官船發櫂新屋瞰誰較謝宮井自餘陳劍閣當西極刀州遠壯長魯公加上爵趙氏存名臣死節褒賢嗣生榮溢老身朝廷懷蹇蹇韋布佩諄諄及　違後其　接見頻

渚風開鷁尾江日湧龍鱗夾岸觀如堵中流望若神
埋金陵樹遠濯錦水花匀前纛仍踰隴先墳宛在秦
布颿知到日繡斧拜新春亦有羅貔虎無非聚鳳麟
川將天作限山入海為濱從騎遥思棧安車緩度輪
晨調珍翠釜夕侍妥文茵雛弄娱依坐雞鳴服伺隣
所期長壽考莫或後嘉賓倘有星迴使唯應日問人

次夏允中禁體雪詩六十韻　續集

衾夜生孫擁樓更死屢撾墨雲常黯黮絲雨先鬖髿
半醒身何所全迷意罔涯露脈當莽蒼風泊在蒹葭
勇起平行地訛聽亂撒沙羣慈摇始覺衆咥語仍

慢卷爭成片裳沾紙見些〻尺深良可待寸測即頻
熾炭肌還木張燈眼暈花闌明和月淡學舞逐風斜
在蟜時能應祈年歲必嘉競投牕内隙容槮砌旁窪
尾亞攢鎗竹肪引破刀爪恍疑行玥幕〻八訝失胡笳
膹有開覞貽渾無樹屏遮廊飄黏畫翠庖嶥泣炊赧
靜凝檐頭顫清垂瓦口牙廻溝填小曲側卷積微哀
夕氣千牛斗鄞城痤鏌鋣暖融團腐草晴綴嵌空槎
易化行人路偏多隐者家池心堅暮日山脊晃晨霞
馬齒沈虛啟羊腸阻峻車荒藜喧餓雀垂蔓拖僵蛇
縮頸牛如蝟拳毛馬盡騧自　潔淨誰敢訾疵瑕

公子添重錦夫人凝副珈聚群　簇鴈作隊野毛鴉
髮縷撚鷺似鬚珠貫暫呀渊宮裁斷織閨服帽初髽
晋女吟稱謝唐人賦憶又大田將有穀沃壤早宜麻
久脘偎墻色盍論在土茅舜娥臨月桂才士縱天葩
朽壓傷頹架長丈惜偃笆梅封新蓓蕾新爨濕杈枒
京洛多豪富長安有狹邪掃開交擁篲戲聚互推爬
帶沍張魚笱凌晨没兎罝臥來窮就捉跳出捷從杈
粇食何煎廹萍虀漫咄嗟跣趁哀蹴躃志肆咲矜夸
數戰肩踰踈頻呵指更挼唇呼吟蹺蹊足跌伏蝦蟆
懶出從嘲鼈甘負任處蝸市畚穹也釆隣酤薄猶

罍貳守何能尒明 公特異哉蜚聲驚大府報最達崇
臺政洽邦千里心清水一杯威名動草木頌語出
儒術行中道文光炳上台菁莪思樂育徵栗可遲
飛檄如星急連檣駕浪來輪囷登廩庾精潔粲珠
炊爨迷深竹摳趍失故岩馨香通肸蠁勳業比胚
胎統宇弘無際顛厓政可哀箕疇先食貨商鼎賴鹽
梅峻陛高班入彤庭 紫詔裁咨詢周遠迓咨問徹
盛德乾坤報危言山嶽摧田疇無失業府庫孰
非財燮理陰陽事消沈水旱菑虞謨㢡贊乚漢網顧
澤沛弘羊雨霾空野馬涘常令見白日終老壯

山隈

檜亭稾

天台丁復仲容甫

近詩

五言

送秦元之赴太禧同僉　前集

君家好兄弟聖主自知之周爵推秦仲虞官舉伯夷
萬方天浩蕩五彩鳳威蕤宣室虛前席蒼生屬論思

金陵送人還武昌

相送白鷺洲因思黃鶴樓遥觀禹王蹟重起禰生愁
西上不可得東關曾獨留江吞趙佗石歲月但空流

題程先生西行集後程年七十餘歸蜀改葬父母

峡東水如箭已行船上天亂離稾葬後衰老秭歸地名邊手把西行集心追北上年東風故山淚落日酒江烟大德丙午旱明年浙東飢僕因北上茲有感焉

登高分得疊嶂

遠近不可數淡濃渾自成入烟諸崦隔鳥道半空橫日夕黄微睇江寒碧倒生憑高共臨眺憶得在宣城

次韻宋太守董烈避居湯水寺作贈其孫灝

江上休為郡淮邊入戰場誑來悲祚短避去恐謀夾道松行直臨池蘚甃方蕭然忘執熱宴坐有清涼

松髮浄於沐石才寒作稜枚行憂世者請浴下廊僧
落日誰能繫浮雲不可憑佛前應墮淚不滅有長

送李御史

南臺鐵冠舊西府繡衣新吏部氷霜曉皇家雨露春
三苗蠻作俗八桂嶺為隣虞帝猶遺廟殷勤薦渚蘋

萬玉亭

脩竹萬玉立虛亭六月寒靈風聽不足長日坐來殘
葉色淡宜一鞭芽潔可盤故令憐老客轉欲獃時官

送楊友直赴刑部主事

少昊傾司幕先生自此升九重趍玉陛一騎發金陵

邊静龍堆月河清禹類氷徒慙太平日江海老無能

送谷經歴之淮西憲幙

淝水緑逶迤淝山青陸離江人清共遠沙鳥白相宜百錬精金在孫忠聖主知幕蓮非久地臺柏有高枝

送王御史赴浙省都事

白簡留烏府紅蓮暎紫薇新春回栁色舊日避霜威海介諸州列江邑萬室依硯氷題曉署辛苦解牛飢

寄劉安道號白雲巢

遯世託巢處白雲為故鄉自期終不出相憶竟難翠壑秋情遠青精曉饌香何當謝兹去長是坐君王

送賈西伯

西風首蓿花南客又移家此道宜無用吾生未有涯
峰青宜霧日潮白送江沙猶憶南樓夜吹簫度歲華

輓許覃峯號松雲

失訪松雲隱哀吟薤露歌前朝諸老盡浮世百年過
山水高情足詩書遠澤多何曾入城府秦鑿自寒波

送張克讓

秋花白露芹鄉郡萬山雲官冷難為滿囊空政喜聞
灘船牽月上嶺路入閩分有客來書辟青霄記鴈群

送王伯庸赴石埭板官

先生官已冷縣併冷於官坐席嵐歸潤琴壇月過寒
奇峯花作朶幽瀨玉爲淙所喜無迎送高吟寄碧瀾

賦孺子亭送心上人還洪

東漢久無國南州猶有亭虛楹過日白老樹入湖青
歲晚送僧去天寒行獨經搔頭雙檜側余髮故星

春雪

江上亦春雪氣隨王化南平鋪方渾渾細落更毿毿
柳拌渾無定花開恐不堪簷牙縣宿溜直擬老夫簪

送李景初試吏淮陽便養

讀書初試吏捧檄且娛親當代推經濟何人獨隱淪

河兼淮海遠雪滿渚城春里舍多凋瘵周旋及撫循

送客

馬帳朋方集麟經講未殘幡然懷故里誰此障狂瀾
黄卷秋燈短青氊夜榻寒好將池草句題與惠連看

送盖御史

士取登科貴官推御史賢已聞南紀正仍重北臺遷
霜勁孤鷹起天高萬象懸遥知夜前席清問極遐徧

對酒次韻

諸公句如綺獨我鬓猶絲平生雲霄志等閒霜雪髭
遲日且云暮餘春能幾時還聽鳳皇語莫憶遮鴣辭

郭生生子

歌愛誇頭玉憐應過掌珠河東真小鳳冀北定名駒

英物須啼看先生要醉扶老夫無重大折簡便堪呼

題山莊晩霽圖為楊元清賦　續集

野居豈不好況是晩晴初草閣村々樹溪船箇々漁

松應宿鳥行李尚騎驢老託西園灌鄉愁賴酒除

次韻曉發

天末半殘兎水村千屋雞觱聲將夢遠溪語近人低

岸口轉復出野心終不迷重衣起晨餉猶是衆山西

送人省親

子仕親亦喜子歸親更懽江湖片帆遠風雨一鐙寒
沙鳥行秋渚江豚拜午湍莫看松桂色容易猒時官

送翟彥敬陞中臺察院書吏

名彥登烏府清門可雀羅辟書催北上行里及南訛
天濶凉雲積江明暑雨過東門群掾集更起續離歌

檜亭稾

天台丁復仲容甫

近詩

五言絶句

題李息齋枯木竹圖　前上

霜柯硐庭寒，露葉渭川冷。幽人美清夜，獨寫秋燈影。

題牧牛圖

邈爾三尺童，御此兩觳觫。春風笠底回，前村燒痕綠。

與韓成之飲分韻得多字

壯髮颯衰素，故山欝嵯峨。鄉書千里發，客淚一時多。

送單道明常州迎婦

單郎晉陵去絶似向秦臺後夜簫聲發雙騎綵鳳来

題宣和畫卷

澹意夫容外閑情翡翠邊波翻太液水分送向南船

送僧還洪

颿開建業水人上豫章臺許令蛟腥起滕王雨色来

飲酒

北闕諸公貴東門幾客還揩来缸面酒携坐屋頭山

贈孟通

孟通翔方彥領薦過昇州花發瓊林苑題詩向上頭

題畫

青山多白雲佳樹雜芳植伊人不可招闕路日已夕

送吳景賢赴廣東二首

秋浦同為客金陵秖得君天風復戲我吹作嶺南雲

隱之千載後共喜遠孫来為酌廉泉水殷勤寄鳳臺

紅白千葉梅

作白歳已晚能紅春未深天地固異稟氷霜同苦心

黄蜀葵

憔悴宮人額離披道士身舉頭長見日草莽老為臣

桃花

春色總可惜最憐紅未開留花能解事郎去待歸来

題飛宿鷹圖二首　續集

脩程倦霄漢清夢熟江湖夜久水烟寂月明關塞孤

江漢月中白氷霜天上寒扁舟夜深夢猶自上長安

賦山上松送常上人

松生在山上垂柯蔭其下人生苦别離念此歲寒者

題周濟川墨竹

東窻亦既白疎竹淡搖影新梢未成實夜高饑鳳醒

題黄晋卿寄用堂枯木竹圖（用堂嘗寄蘭與黄公公時喪母）

太史悲讒對幽人贈佩蘭故揮風木淚持荅翠琅玕

檜亭稾

天台丁復仲容甫

近詩

七言長律

送楊文質侍父之西臺　續集

御史乘驄西入關郎君曉服擁斕斒東風柳色寒猶淺南國桃花春未殷後騎送官過白下前驅衛士負黃間州城拼豸峩冠度里社雞豚衣繡還問膳早朝河畔驛舉鞭遥識陝中山道遂来往爭加額父老邀迎各鮮顏渭水東流連二漢蜀都南去帶諸蠻秦中

兵鏵仍凋瘵劍外人風更但艱勤讀古書探要刪與
論時政及餘閑他年先後聽周魯迭拜螭頭最上班

送錙堯輔之榆次縣尹

南臺執法仰前人天祿然藜見後身從事衫明韶石
曉叅軍顛眹曲江春堯風自足敦殊俗舜樂時聞感
至神瘴雨何能侵正士朶雲只著振疲民食鹽增額
終然去明野愁眉自此伸遺愛郡山猶姓越歸看淮
水未憩秦松廳御史清霜曉榆次郎官列宿新後日
乘驄須北路新年泛鷁始南津舜斑取水辭慈闈衣
繡還鄉照北鄰撫字不妨催課拙平反即遣報書頻

官起利多為酷縣令於氏實寂親上國偈皃行入
中年童稚會應馴故人揔喜飛騰上老客仍甘寐
寞濱臨别酌君浮蟻數相思何處早雞晨

送僧希道迎母之宣州

憲郎早是諸侯客宅相須興内氏家從舍音聞曾祖
豆行臺今見重才華名門已道從張掖逸足端知産
渥洼繡斧喜来初奉檄板輿迎去喜看花深氷自躍
供江鯉常日仍思致海鮭禁臠羮辭璠面獸貢餘湯
獻錦文瓜怡聲即有平反報按部寧令造次差豸角
剡霜書載績雀牙行露俗休譁固應反哺宜栖柏亦

復承恩擬泛槎會着瑤池親賜宴玉桃三熟壽無涯

壽龍翔長老訢笑隱

玄雨高秋集九龍東天震旦主諸峯青猊座踞黃金綮紫鳳書銜白玉封賜到屢鳴官寺鼓台歸兼聽御樓鍾雄文獨步專三氏大法全提正五宗莛擁方来無數衆倉分鄰住有餘春詩留杜甫頻茶椀社許陶潛更酒鍾涼夜熟眠貪夢蝶清朝枯思困吟螢曇華世界慚吾晚桂子天香喜氣濃住世幾何論小劫陳詩再拜謝疎慵隨班作客應長席歸醉從兒且小節

卒手足之血親淋漓此時此獠可撲殺欲婚仆碑竟何其米斗十三錢戶不閉小康不補大義虧瀛洲一登老生顧大夫須作真男兒護龍河頭生紫氣鬱鬱葱葱天宇彌金陵豈無此學士醫官酒保登天　捧奎章開閣亦太甚天屑　詔書毋乃危布衣無能坐長夜獨搔短髮頻歔欷老妻咲人小女起走把清鏡臨鬚眉西家好酒賒來喫無用勞煩閻畫師

秋江晚渡圖

長江西來合巴漢老客經行幾一半黄牛峽底回雙篙白鷺洲菊見二髦林間不得一屋住徽之種竹郵

有處累日難為市口賒常時每　沙頭渡豈不聞萬八千丈之天台蔓菁溪上二女子山桃已熟紅如臙當時少年不能去髮白秋漫思歸來石橋飛流轉蒼翠也是東行入滄海蓬萊方丈望見之瑶草蕤生久相待祖鶴猶然未寄書還家千年兹在諸且從劉伶赴一石明日五斗君其儲

送笪縣尹之官蒼梧

蒼梧之山古九疑蒼梧之郡漢置之斂藏尉佗大山是魚如武昌丙穴宜武昌江邊趙佗石亡出江波三四隔江即有禹王祠老柏舊栽皮盡赤人言王氣

檜亭稾

天台丁復仲容甫

近詩

七言

新寺和張仲舉兼次韻　前集

天宫兜率下崔嵬結綺交疏面面開地勢周圍龍虎

國鍾聲疎應鳳凰臺鼎湖仙去秋遺舄笠澤僧歸夜

渡杯千騎廵街群樂動五雲深處御香来

天壽節龍翔寺習儀次韻銛上人

彤扉笳鼓群公集烏府冠裳百辟儀金甲繞纏龍擁

庭綵章掀舞鳳文旗九天空濶蒼雲杳四海昇平白日遲皓首南邦無變化何由一息向天池

鴈門送楊仲弘姪士耕歸龍泉

伯也未入玉堂日我亦忝厠金閨名三千里外嗟淪落二十年餘異死生猶子初從鴈門見故鄉能作龍泉行腸斷東門別小阮索詩相送若為情

趙君澤母一百七歲

南康校官致仕日北堂夫人長壽身一百歲後又七歲千萬人中無幾人王母蛾眉曾不老諸孫鶴髮但重新桐川之水東到海海上桃花樹〻春

送陳子英縣尹之崇仁

江迴彭蠡天與碧路入臨川山復蒼令尹先為武進縣絃歌況逢君子鄉黃禽雙啼白日靜綠草自動春風香巾車數問虞夫子未憖元亮在紫桑

越州景德寺鏡清方丈題醉先宋僧名也岳麓圖

鏡清方丈見岳麓堂虛只赤行江潭對木連雲壓影瀛樓臺隔日水氣酣黃英雙騎龍上下蒼梧九點天東南道入得我千古意復遣老夢登嶇嶔

送唐長卿赴常州教授

三茅斷作湖嶼碧常州昇州州猶比隣山君化鶴去問

客水鳥銜魚來献人釀酒未嫌官舍冷開倉長恐士
家貧絶嗟一槩鳴琴地杏花開門消却春

送美上人歸臨川

白雲不生華蓋峰青天淨倚碧芙蓉上船不計日多
少到寺更行山幾重木客試人騎出虎淵靈求法脫
為龍莫貪石室跏趺穩徧長松門薜荔封

送黃氏尚入京

自甘白髮拔南老相送黃郎賦北游十月肅霜清廣
道五雲佳日照高樓儒生合在賢能舉宰相方深吐
握求明日風颿如疾馬有時烟渚惜眠鷗

題觀海圖為張晉賢作

自古六洲三島勝幾時一釣六鰲連千年王母蟠桃實五百童兒採藥船日出早看金柱湧天空只擬玉壺縣乘槎欲接張公子直到牽牛織女邊

贈張晉賢侍夏真人慶吳大宗師七十

玉皇香案仙臣老金母瑤池鳥使來五色雲霞宮裏錦九天沆瀣掌中杯　朝廷禮數恩波洽海宇歡榮壽域開張果子孫商嶺皓此時相與醉蓬萊

題方壺子天台圖送曹士安省親還上清

仙人飈車竟獨往我家天台不得還六十江上老為

客夜半夢中無數山雲飛舍下雨白髮桃熟溪頭雙綠鬟更煩不祖方壺子罵我與君劉阮閒

次韻銛上人龍河月夜謾興二首

臺殿摠依丹鳳闕江山或擬白龍堆潛藩地重雄南服執法星明近上台天際飛塵君使到日頭出處客僧来翻經夜月猗檀室滿座香風薝蔔開

秦淮水流落日西瑶堦不受翠烟迷絶憐明月真堪摘却是青天不可梯電掣海光龍出弄雪翻林影鶴驚栖榑桒若木同根葉莫謂殊方動慘悽

送馮履道之西澗書院山長

洛陽年少吳公薦絳灌當時老不如流涕痛哭出長
策措世治安良有餘南臺御史書初下西澗先生席
正虛尔祖郎官白首歎諸孫卿相黑頭居

餞終南山茂才北上

南山蚤在十年見北闕今逢萬里遊紫府星長迭差
次黃塵日月謾淹留　天子八萬一千歲玉京五城
十二樓高臺黃金得駿馬錦衣白晝照閒逼

送廉公子北歸

榮勛際盛
皇元世賜姓為廉舊相家江上行逢瑶圃對天邊歸

泛玉河槎黃封鷁水入〻酒白下春風霧〻花誰謂
王孫尉離別跼蹐芳草獨興嗟

次韻答惠長老

棄為狂士幸相容敢向 明時嘆不逢明月近入閑
傍水白雲邀客更登峯百年耳猒咸陽犬千載神交
劍浦龍車馬滿街門睽燭夢魂初熟蔣陵鍾

九月一日遊昭亭在宣州

山色江光帶近郊道傍楊栁舞寒條半生九日黃花
酒多在西風白下橋千里客遊仍暮景異鄉人事又
今朝老来未遣登臨懶盡醉東家綠玉瓢

寄謝子木

秦贅誰徵夢午年漢宫倉氏豈淹賢荒凉秋浦時〻酒彷彿番江夜〻船湖海容身皆莫齒家山見蕨春拳何時與和歸来賦白石謝家任黄沙丁家任未有田

送王治書赴刑部尚書

秋官高向霜臺選駟使遠從天府催周爵班行連九棘晋公勲業在三槐曉凝曳履星光動春逐持囊日影回自是咎繇先德讓四郊時報鳳皇来

次韻介之雙檜亭作

小圃新年偶然得靈禽清曉即同聽短髭故喜吾能

白老眼今憐汝為青周官或自譽鄉月漢史何人識客星樓臺宰相曾無地貧賤諸生况有亭

寄題道吾山聞禪師竹院

道吾竹院夫容下老子藤床翡翠深過雨雷霆龍擁闌滿天風露鶴當林此君静對了不厭諸老清談亦許尋他山祭酒聞還出何人載歌金玉音

楊隠君竹所

沙西處士萬个竹渭南封君千户侯滿院雨聲風入擁堦寒色日如秋江空每恐蛟龍化月出或看鸞鳳遊帶經先生已賓客其客兒原開徑取友更羊求

五日書懷

五月五日客不樂三十三年人未歸搔頭白髮千莖短出對黄鸝一箇飛衰老秖應親緣酹故人不必問丹闈也知開士情緣重但道慈親消息稀

送僧遊廬山

十八社人五老邊香爐紫烟誰為然山光水影江行日風静浪平船在天故里今逢霞外客孤蓬曾坐月中禪清吟一為浣塵土宛對三梁看瀑泉

送笪子敬之蒼梧縣尹

重瞳天子巡遊地黑髮郎官出宰時魚美也能如鄂

渚鵬摶猶是息天池虞階干羽三苗國京洛笙簫二
女祠滿縣東風花處〻板輿雙奉但娛嬉

送圓侍者還平江承天寺

承天寺裏圓侍者特地河邊别故人拄席風生海門
對換船日出揚子津西山負郭連青朶南浦行歌採
白蘋好在玉堂柯博士老夫同郡髮如銀

贈齊生侍大父僉憲海南

為臨江浦折夫容更約郎君此地逢上水先經十二
斗過山真是百千重留錢網户供朝膳扶策儒宫候
曉鍾驄馬繡衣繩祖武最看蚕歲遠相從

贈賢上人

賢公江上五年別　先帝宮前八月逢石榻護禪役甬山堂閒法客為龍相携久坐聊班草自愛能癯已稱松癡似廣陵張處士白頭也欲叩心宗

題獨峯圖次虞閣老韻為高禪師作

虛空樓閣開金布下界雲雷護寶藏萬仞側遮天半碧五更先見日初光牀敷峻極群龍繞音樂交加百鳥翔自是飛來五天竺靈根種種妙生香

送僧還徑山

天下徑山高在天雨到長憐弱冠年半嶺晴雲堆繭

色上方朝雨襍龍涎生来应用無清業老去如今已
白顛八十四翁安穩在阿師親證石頭禪

朱子誠遺安軒

錙表未識豚犬爾龐公自知龍鳳雛總有英賢列朝
署豈無妻子老泥塗榜船出浦秋分稻灼火當窓夜
辟纑恰是霜甖新　得四

黄氏拂雲堂

臨川為家黄隱君種竹繞堂青拂雲長竿每許分漁
者結實深期下鳳群歲晚幽懷將雪對風来清語足
秋聞寥寥千載吳夫子講道歸来遣贈文

送周良臣赴湖州知事

何顯青山碧苕上庾儉綠水紅蓮中風景與人殊自
稱公餘携客許誰同顗詩醉歸帯夕烏篆字小作蟠
秋虹他時自是氷雪掾欵身未愧水晶宫

送公子帖穆入京

龍沙公子五雲思鶯語皇州二月時首着土骵鞭節
上蓬萊春近佩聲移承恩賜坐黄金褥獻壽親擎白
玉巵馬上偶看鴻鴈過簫中吹與鳳皇知

曹文貞公輓辭

九天日月臨中土四面星辰傾上台漢祖功臣高

第碭間佳氣久徘徊繡衣光彩東西道白簡威名内
外臺聖代儀刑勞夢想海雲清徹見蓬萊

送人入京兼簡危太樸

五月毒熱中人甚一雨生涼送客遊千載風雲逢
聖代九天日月麗神州飛龍夢熟松聲夜倚馬吟生
劍氣秋故人為報危徵士老客年來轉白頭

送張筦勾還内臺

東都早自去豺狼西去爭先覩鳳凰已報入關迎紫
氣亦如詣闕覲清光周秦不謂殽函固吳楚遥連江
漢長楊子津頭候驄馬老夫還足賦羔羊

宜遠樓

天光徹夜看龍出海氣作秋如雨来水檻尋常群客在洞庭七十二峯開憑將日月迴雙轂攬取乾坤注一杯況是神仙好居此珊〻飛佩下蓬莱

次韻用堂上人見懷　續集

短日還如昨日流老年可似壯年遊小輿樵徑山〻晩落木人家處〻秋夜黑丹光如月出天清溪響帶霜幽題詩乃復勞人憶置酒多因好客留

送岳彥皐湖北省親

繡衣持節照青春綵服趨庭遡綵津門吏共迎鸚鵡

近邦人争看鳳雛新瞻烏渚屋沈吟久駐馬郊扉
問頻出入只教都不識每將民瘼細敷陳

送南臺掾史劉孟琛陪治書順昌朝賀

上帝南郊法駕親憲臣北道傳車新氷霜隨路関河
曉雨露垂天海嶽春千里渥洼從騄子九重閶闔候
雞人　冕旒再拜三呼日玉帛交横萬國賓

送楊文舉赴江浙省宣使

元年春及王正月半夜天回使者星五鳳文章能並
世伯魚詩禮久趍庭雲邊宮闕時々到馬上河山處
々經政德猶如太史令玉堂鬱々舊鐔青

寄王宗師

峯頭鶴下空華陽洞口百花紅長林藥草無人識上界蓬萊有路通爛醉前年春作客頻憐去日老成翁丹砂不遣來城市故著題詩寄葛洪

送僧遊廬山

廬山東南山木多石梁顛倒掛銀河仙燈夜半天人落佛屋春深海客過五老夫容還好在陶公楊柳定如何布帆又起江湖興應道西風動薜蘿

送宗壽卿赴閩憲書吏

白下東風三月春山花隨路接南閩倒生頗眭榕根

異甘美誰憐茘子新蠻貫侏儒昏黑面硐詆猖獗似
黄巾繡衣按部先咨訪定有愚生伏海濱

罷釣亭為境上人賦

罷釣亭邊如缺環高僧忘識此中閑雨来停杼鮫人
泣雲出獻珠龍女還天子千頭游物外客星一點動
人間當時萬乘渾何事江上富春猶有山

草堂為程道士賦

春日清溪賦草堂北山當水正蒼蒼山人蕙帳来猿
鶴野老梧岡憶鳳凰千古有懷齊出處百年無命漫
猖狂第須送酒勞嚴武未怕移文自孔璋

送萬容長老歸故

長記題詩送萬容喜看飛錫下諸峯笙吹緱嶺仍騎
鶴劍出曹城又化龍山氣含霜飄夕磬溪聲和月瀉
寒春何如官寺聽車馬空半黄塵起斷鐘

用堂上人見過西園次韻張仲舉

僦宅何緣得近僧曉光金氣接觚稜詩成未必如千
偈老去還堪續一燈鹿苑即聞無上覺羊車自是最
初乘北山且作相隨去幾箇麒麟擁壞陵

送僧歸番昜

護龍客賦紫芝歌飯牛翁如白石何山頭桃熟不歸

去秋深葉落忽已多舟行夾岸轉青嶂風定滿湖皆
白波記得康郎洲下住月明如海看漁蓑

雲松隱者在梅山江上寄饒杜二君屬意若
人輙用元韻兼謝所寄蒼耳酒

老病無心擣鹿茸寄將蒼耳喜新濃清尊便酌當擕
象大藥俄驚會乘龍野客好懷多感〻故人嘉意每
重〻比来更愧諸侯禮醻饋循上擬辟雍

送由上人游金華兼簡信上人

金華東日掛清曉玉對西風吹晚秋皇郎羊化青山
石帝子龍飛白下州二阮同居蕃佛寺雙溪獨坐

人舟茶餘倘問西園檜翠色依然映白頭

送李潭北遊燕簡張仲舉二首

天上宮庭切玉繩霜前舟楫起金陵雲明鴻鴈寒相迓風穩鱸魚畫不興丹罽導前粲石佛黄欄從上賜江僧閑山南國將歸日河水東風已解氷

師尊已赴五天遠弟子寧辭萬里遥麒麟屬效靈當盛世夔龍讓德列清朝歐陽外友交潜子華下封人祝聖堯好在玉堂張太史菲言應亦采蒭蕘

寄題金鷲泉石軒

金鷲泉石有深趣黄鶴仙人曾獨來崖雨溜雲青

瀉海天澄日碧蓮開山翁宴坐秋蕭靜野客倦遊
棹廻幽徑依然生藥草他年從此入天台

題王元章梅

三年不見王徵士一見梅花如見人風致山陰頻夢
夜雪晴江上人逢春毫端只作尋常意意度真同造
化神閒道耶溪新買宅想裁千樹作比隣

送檜上人遊淛

檜公作别雙檜下竺士去游山竺間東州西州夜歌發
南山北山春意閑五湖月色容蕩楫九里松聲入
掩關還向峯頭望天姥雲中古佛各開顔

送馮侍御調燕南廉使

繡衣高把使君節白晝寒生王母山三世為郎今特異百司聞命自銷奸官兵護送黃河道父老遮留白下關丹咮啣書仍北下紫薇執法更南還

送僧之臨江

白雲自愛青山好青春秖添白髮新檜能老翠堪留客栁恰初黃遠送人清江流日下到海閣兒揷天無與隣葛洪丹熟還內滴可道年高鬢也銀

送張可道御史調西臺

西南兩府重威名江陜諸山慣送迎行部渭涇宜

愧去奸鄉里若無情最憐舊雪松能好故作春寒
未生為報同官楊伯起檜窗門巷尚餘清

送樊都事

南府翔烏重上賔中臺嵗務動群臣授經先啓重瞳
早布澤暉生萬物春工部崇班依日近少陵佳句及
時新老夫釋覊西園灌夜ゝ周星繞北辰

次韻王雲翼登雨華臺

城郭江山秪舊時野園村巷揔新詩衣冠昔日繁華
地錦繡春風婀娜枝抗慨莫譌周室黍昇平方報漢
房芝頤聞　聖主賢臣頌寂是王褒鬢未絲

再用韻呈雲翼

同生千載不逢時，自出一家頻見詩。月殿斧寒金粟蔌，河宫機爛錦花枝。魏侯每過役千木，杜老固知元紫芝。欲引微詞常綴緝，苦心抽盡不成絲。

題森碧軒卷

語雙調碧玉笙，羽裳群擁翠霓旌。四時景物足蕭爽，六月竹寒如太清。丁令回歸應發興，項斯標格况知名。過門下馬豈無謂，行酒賦詩殊有情。

送王雲翼之西臺分韻得西字

古柏蕭森獨馬嘶，故園迢遞早鶯啼。九重湛露天方

北一箇大星夜向西繡斧任賢交薦鶚衣裳侯寢問
鳴鷄鯉魚自出含菊井鳳鳥已啣門上淚

陳先生輓辭

西子湖邊眼獨青西州城下淚雙零先生致仕能强
健太尉諸孫尚典刑江漢未歸仍暮景東南長望且
星辰真從處士徵霄賁入對郎君把墓銘

奉酧李謹之見懷韻時予客三茅

讀書不進萬乘君垂老頤依千鶴群澗底客身和月
去雲中仙樂有時聞珠懸露對明堪摘玉長霜田
不耘道士若知人世事咲憑殿檻說朱雲

送清凉寺友上人歸永嘉

江心舊作野客宿石頭今逢開士歸半夜落潮迴棹發十年殘夢逐雲飛相看握手話鄉里獨老忍淚沾裳衣新春亦有還家願會過石室推烟扉

送麟天岸歸里

河上先皇新作寺山中遊子獨思家孫藤得得千岩日廣袖翩翩五色霞耐可題詩留擲葉莫因採藥見桃花向來也怪諸尊宿長遣神蛇護木瓜

寄題餘干西雲樓

古洲琵琶江水遺藏山欄檻貯西雲歸霞偶作錦繡

色落日或成鶩鵠文宿鶴夜飛天錯莫秋龍凉掛曉
絪緼道人心境空無際謾道半間相與分

次韻疊無夢梗用堂吳中倡和佳什

二客當時共泊舟何人清夜獨垂鈎劉郎爵土方諸
將嚴子生涯老一裘萬里關河空悵望百年江海儘
嬉遊而今豈但忘機甚也得頭顱似白漚

寄題張伯壽煮石窩

隱君不愛卞氏璞過客或酧雍伯漿色比天王黃竹
賦食同仙子赤松方晝聲雨褫秋濤急夕氣烟凝曉
露凉此日郡齋清味冷野居長是憶韋郎

送張御史赴湖南僉憲

祝融峯高青入天洞庭水濶浄無煙使星夜度五千里老客夢長三十年一統乾坤分繡斧三苗風俗尚戈鋋埋輪舊日都門道會見徵還席屢前

次韻具庵送湛淵上人永嘉省師

早年爲客曾遊處今日題詩却送僧珠箔濺崖看雪瀑寶窻緣塔見天燈金仙爛熳開銀界玉女禪娟倚翠層禮罷阿師窮勝討諸峯歷〻漸攀登

送繼上人省親

黄萱花明江上秋黄宕上人歸故州還家即得阿母

喜斷愛更作諸方遊白頭老客念鄉里清淚對人如水流鴈宕山好會後見龍河水邊須小留

送郭月窓之西臺

南州待着騎驄馬西土今須聽鳳皇風安浪花清度月秋先関對早驚霜汾陽宅畔槐應老秦華峯頭鶴正香頤得盡分氷雪片沈痾天下總令嘗

送荅彥脩御史謫西臺

泰華雲開仙掌明閑門對冷早霜清九天丹鳳啣書下六月青驄擁轡行南國江山吟揔徧西周苑士喜爭迎鷹鸇鵰鶚高風外麟趾騶虞美化成

覽勝樓

二水三山帶遠洲五臺雙闕起高秋齊梁宮苑依城在江漢波濤入海流金刹曉開龍扃固玉笙宵下鳳皇丘一天灝氣清無際況及此時長倚樓

挽訢笑隐

親對 先皇講法筵人間獨住十三年將同鳴鳳瑞下世恰道飛龍招上天長立寶階瞻寶對亦知金像捧金蓮梵王此日生歡喜黑雨翻空浴九泉

氷鬚次楊士輝韻

倚馬寒過塞上城氣浮豊頰碎崢嶸高枝帶雪垂松

翠斷縷含霜折藕莖蕭帝鑷邊唯有白叅軍幕下秪
增清郎官未似馮唐老還就君王覔愛卿

題飛龍亭

昔聞飛龍登紫闕龍飛上天竟不還上天下天皆帝
所千古萬古空人間晴雲靄々城頭對春水迢々江
上山惟有神仙自騎鶴玉笙吹度月中閑

錢德謙父母同八十

昆侖度索兩名仙已熟蟠桃幾歲年人世揔誇同八
十渠家秪道數三千錦機紫霧天孫織玉凹玄霜月
姊傳恰是持將稱壽日秋風桂子集瓊筵

奉簡浙東宋士宮僉憲二首

天上星辰落世間少微婺女故相關霞盃光照家〻屋持節春行處〻山部屬頻聞時有旱父兄亦道食無艱大夫自是爲能好客老徒憐鶴未還

少微婺女接高真長立寒宵望使星支郡問民秋東節泮宮延士曉談經雲深仙石羣〻白天外神山箇〻青不獨豺狼走荒絕亦聞蛟蜃落滄濵

近仁臺郎見示樊左司在南臺時憶昨五首柯博士蘇徵君既爲和之天台丁復僑居金陵草莽之臣也不能忘　奎章故事欽覩

皇潛飛之盛猶能記之僭用元韻以寓鼎

湖之思云尔

猶記飛龍北上時從臣簪馬鴈差〻鳳凰自是巢高

閣螻蟻何因集下墀翠輦看花臨　御苑綵毫摛藻

綴文漪太平不顧論封禪自擬元和聖德詩

猶記金陵觀稼遊翠霄深處想瓊樓縱横未草三千

字縹緲如瞻　十二旒秪尺丹心馳魏闕依然白髮

老滄洲翠華不復南巡幸歲〻空來鴻鴈秋

猶記　御床金織幃初成寶刹彷丹墀人間謾道風

雲會天上俄聞日月遲北闕極今無遺賜南臺憶

有顗詩舊臣總抱烏號泣豊石還如峴首碑

猶記奎章擁紫薇五雲流彩日揚輝已須玉果開春宴亦賜金蓮送夜歸俊逸詩篇凌鮑照風流人物動徽還憐杜牧秋娘賦色線寧堪補舜衣

猶記華亭駕綠渠市人還許與雝虞後來盡備公車選前識皆知帝者圖柏府帶園從病沈酒家祠部屬狂俞憐僧有髮惟須醉夜立霜畦望北樞

題鴈圖爲李元中賦

萬里蒼茫南國秋黄蘆紫荻野蕭颼天涯兄弟將群月　樓臺動客愁肅々夜寒霜滿羽騣々年老雪

頭　日送江花發幾　東風憶故州

送馬彥翬進士赴江西省筦勾二首

紅杏春風天上園看花走馬乍承　恩紫薇曉日江
南省擊水飛鵰早入垣鏡裏斷峯青兕伏船頭回浪
白鯢奔二孤洲畔多明月恰過東濵第一門

行分幞府鳳皇池竊擬瑶階獬豸儀在職況當無事
日讀書應似未官時客荒南國慚丹桂老灌西園長
綠葵賢甚交承王博士滕閣上酒歡持

檜亭稾

天台丁復仲容甫

近詩

七言

常熟道中　前集

阿郎問人常熟路北風打船寒日昏水對含霜一箇箇野婦抱子自村〻湖水如銀月欲低納粮船發五更鷄當河小婦怨相語隔壁乳兒寒自啼

傳用可廬墓

黄　嶺頭曾置屋白頭江上不成家明年東去攜妻子
掃食松陰十畝花

題茅山彭道士畫梅花仙子

綠燕棲寒夜不飛洞天霜淨月流輝　初彿梅邊
起撥青霞染素衣

清溪與平起莘飲述舊有作

溪頭楊柳女兒鬟綠光細妥春油〻金陵當日一尊
酒何如相見在池州

次韻李方炘

遠樹葉初嵐色淡曲塘波足水痕肥何人春盡不飲

酒野老年饑猶典衣

次韻元宵雨雪

銀燭春光雨雪宵翠簾歌管思寥寥羅浮洞裏花如

織誰立寒香背小橋

題江村小景

野篷忘世寒罾下沙筥牽兒早餉遲有客封侯玉門道

綠閨春恨繞花枝

題疊山卷

江上老骨歸元亮今古何心雨伯夷半夜寒增霜院

編孫憤雪楼辭

題春山曉行

短棹衝烟釣碧沙疎鍾開曙散羣鴉早年曾是匡廬道下

馬春崖問酒家

夢遊仙

春風帆席蒼鬟近夜月笙簫紫鳳鳴童女三千髮如

黛碧桃花下笑相迎

馬德昭席上賦

江江重逢鄒大娘桃花紅嫩染纖裳蔓青溪上曾相

見猶記胡麻飯顆香

次韻江南

斗酒十千既可賒斜窓丶籬誰謂（一作為）遮大婦相迎問
買酒十五小姑方主家

東山斷雨拂青龍江飲倒垂千丈虹忽地北風狂作
惡水波高湧白銀宮

長干城南越王臺長干橋下客船來橋邊有人問書
信羅郡小步踏青苔

和山行蕪次韻

山鵲翅翻紅雨々野花相並翠雙々倦行有客春傷
酒咲索無顛畫倚窓

因錙思勣過江寄　誠之

澤國無官寄老歔淮方有客借寒驢早知到死難干
祿何用平生苦讀書

次韻沕上人

薝蔔花時風雨急苾蒭叢裏春令寒丹砂古自有方
術白日今誰生羽翰

白髮蕭騷日夜生玄雲消盡雪霜明新栽花木可憐
長舊著衣裳不忍更

賦蕙花次韻岳上人

香滿松房夜月虛紫甤懸露泣方諸湘魂故惱維摩
定起和離騷掃辟書

題錢舜舉畫馬

玉禾久飫出天閑引看時常占舜班四十年來太平日屬車無數劍中山

二十年前燕市客黃塵蔽天相逐來中有出頭先一大山中彷彿憶龍媒

題李遵道山水

層峯高出雲樹外飛溜直下天河懸江南老客腸空斷舊宅不歸三十年

題雪水茶卷子

驛舍情孤蘭自花貂冠骨　袖中麻党家婢子陶家

妾學士方慚雪水茶

偶題

一事不能方近古六經何用更知新唐虞時世君臣
會李杜文章宰相嗔

酒間贈賈西白

思入東風白雨邊莫雲春樹兩茫然不因絳灌輕新
進未必長沙識少年

題唐馬圖

鳳膺龍脊渥洼姿正是奚官得意時野老步行身自
穩詔書新下不敎騎

題子昂竹石圖爲趙叔敬作

大雅堂前第一峯踈烟小雨　新濃前年醉把湖州
酒坐對蕭〻日下逢

題辟上山水

老年歸思不堪行　江城見　快寫綠醅三
百栰恐添白髮數千莖

題美人卷

玉山横管淚痕光繡褥雙迴綵鳳凰　心情顛不
得九疑雲冷隔三湘

題李遵道竹

仙客鯨魚没海濤綠梢清夜月還高或傳騎去招丹
鳳想見歸来掣六鼇

絶句

沙遠晴波水漾金魚苗初上小如針將船載酒江頭
飲水椰千株滿岸陰

自愛江頭著雨蓑山光倒染鴨頭波蠻商即似天上
下打鼓向人帆側過

江離初長杜若新紫蕙紅蘭洲渚春楚天正遠欲有
遺江上獨行逢故人

柳下杯盤野老過　　和綠波南浦傷心

別黃犬東門奈爾何
楊柳風輕欲午涼蘼蕪沙暖足春香水鄉父老茅堂
酒不信王孫道路長
北關青雲車馬多南山白石飯牛歌霜清水屋釀春
酒雨足野田收晚禾
兩岸東風吹柳花小江新水帶春霞長林日出烏自
乳買酒上船人到家
茅屋雞聲接近隣短裳巾幗莫歸頻江鄉禮俗淳風
在烟對深深數拜人
穀麥收空雲旆旆新秧蒔遍雨沉沉誰言卑賤閑無

事老頤太平渾有心

贈唐德輝

翠柏蕭森烏已啼白門涼月萬村鷄山中獨識河東鳳五彩翩〻舞影齊

題息齋竹為袁弘甫賦

鳳凰飛去不可還一竿清意自蕭閑袁郎門外三尺雪却為情光畫啓関

題江鄉秋曉卷為李明遠賦

滿地寒霜水氣昏亂鴉啼起向前村沙頭白鷺機還動未似熟眠深閑門

贈武生

六龍浴海叶長霞飛上遥空作大鴉十日相看當茶竹二更深雨坐燈花

題汪伯高梅

兔凹寒霜染雪毫綠烟微散月初高野人醉醒羅浮夢長憶仙娥玉色醪

寒響蕭〻已滿枝冷香不放小船移揔宜酒散笙歌歇睡徹玉樓人未知

贈劉子敬

括蒼山色翠如葱瀑下天門拖玉虹庭事少微星一

點金陵江上受西風

過溧陽錢氏祖墓

汾陽軍中淚如瀉長陵一杯寧有孫千章喬木高
起倚柱東雲斷客魂

次韻西湖竹枝歌

上塘楊柳下塘陰阿郎愛人不愛金塘水西流東入
海水深不似阿儂深
柳葉如梅枝似腰贈郎輒挽最長條〻長即與儂心
遠不是為儂春態嬌
錢塘潮來兩岸平錢塘潮歸江月明錢塘女子新

閣夜半吹簫鳳凰鳴
郎愛捕魚儂織蓑勸郎不必要登科一家賣魚得食
少一官懸魚憂患多

題楚江清曉圖

海色澄明霞欲生白煙樓閣靜崢嶸青楓江上船已
發苦竹嶺頭人未行

題山水為劉子益賦

古寺烟雲置碧岩獨僧隨徑入松杉故鄉忽動金陵
客便欲海門歸掛帆

贈李明遠

金陵龍眠見三李震伯晋仲子才兄弟三人齊名瓊林鷄鶒哦二松子才登己巳進士弟為番陽縣丞名駒齕地亦千里騰鳳冲霄須九重

送渭清遠上人謁虞學士求墳誌

白玉似人蒲室老黄金如價草堂文筆濡華蓋山前月光動石頭城上雲

九重閶闔向来入五色芙蓉已後身一代文章来絕世千年道德在堅珉

水鳥群隨南上篷江豚自拜北来風二姑直作片時過五老秬如前日同

平生太史未相親，枉託新詩附遠人。自是星墟接牛斗，誰教天漢隔參辰。
山中氣候冬春近，江上帆檣晚廻。曾草謝章扶日轂，肯將大字説天台。

題柯敬仲竹木

青山白日野中看，南國佳人翠袖寒。老樹不堪承雨露，龍孫春滿錦闌干。

題危太樸雲林圖

天台萬八千丈雲林，三十六峯幾載山中。獨憶今朝江上相逢。

右檜亭集天台丁先生詩也先生名復字
容壯遊 京師公薦之館閣不就而去放
情詩酒終老江湖之上今所類諸體
詩凡三百一十五首分為九卷合為一帙
前集則其壻饒介之所錄續集則其門人
李謹之所蒐輯也 南臺監察御史張君
惟遠見而愛之惜不大傳于時移文有司
鋟梓集慶學官教授查信卿寔董其成立
惟先生之才足以追配古作而鳴
國家之盛廼弗見諸用以殁觀其命辭託

興高遠閑適㑹然無塵俗意又非
能盡識則是編之行豈不有補於風教乎
至正十年冬友生江夏諭立敬志